LES ÉCHOS

DE LA

SAINTE COLLINE

~~~~~~~~~~~~~

CHANTS A L'USAGE DES PÈLERINS
DU BERCEAU DE SAINT BERNARD

A FONTAINE-LÈS-DIJON

Quum dignê loqui néqueam
De te, tamen ne sileam ;
Amor facit ut àudeam.
(*Jûbilus rhythmicus S. Bernárdi.*
de nômine Jesu.)

FONTAINE-LÈS-DIJON
AU BERCEAU DE SAINT BERNARD

PARIS	DIJON
AU BUREAU DU JOURNAL	RATEL, libraire, place St-Jean
Le Pèlerin,	Mme VERNIER, libraire,
8, rue François Ier.	place des Ducs de Bourgogne.

LES ÉCHOS

DE LA

SAINTE COLLINE

PARIS.— IMP. V, GOUPY ET JOURDAN, RUE DE RENNES, 71.

Ancienne Chapelle du Monastère des Feuillans, établi
dans le Château de S¹ BERNARD. Le Sanctuaire est formé de la chambre
où est né cet illustre Docteur, en 1091.

FONTAINE - LÈS - DIJON

A. GÉRIN, DIJON

LES ÉCHOS

DE LA

SAINTE COLLINE

CHANTS A L'USAGE DES PÈLERINS
DU BERCEAU DE SAINT BERNARD
A FONTAINE-LÈS-DIJON

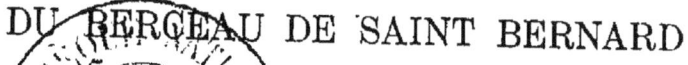

Quum digné loqui néqueam
De te, tamen ne sileam ;
Amor facit ut áudeam
(Júbilus rhythmicus S. Bernárdi,
de nómine Jesu.)

FONTAINE-LÈS-DIJON

AU BERCEAU DE SAINT BERNARD

PARIS
AU BUREAU DU JOURNAL
Le Pèlerin,
8, rue François Ier.

DIJON
RATEL, libraire, place St-Jean
Mme VERNIER, libraire,
place des Ducs de Bourgogne.

A SA GRANDEUR

MONSEIGNEUR F.-V. RIVET

ÉVÊQUE DE DIJON.

MONSEIGNEUR,

Le Berceau de saint Bernard Vous a toujours
compté au nombre de ses plus fidèles pèlerins.
Combien de fois, à l'exemple de saint François
de Sales et guidé par la même piété, n'avez-Vous
pas gravi la colline bénie de Fontaine, heureux
d'offrir le divin Sacrifice dans le Sanctuaire
consacré par la naissance du plus illustre enfant
de la Bourgogne! Sous Vos auspices, les pèleri-
nages solennels à ce lieu vénéré ont retrouvé
leur ancien éclat.

A ce titre, Monseigneur, il nous est permis
peut-être de déposer aux pieds de Votre Grandeur ce modeste travail, œuvre d'une bonne

volonté sans ambition, ou plutôt, dont l'unique ambition est de rendre plus populaire le culte de saint Bernard. Daignez en agréer l'hommage et bénir nos humbles efforts. La haute approbation de Votre Grandeur sera pour ces chants la recommandation la plus efficace et pour leurs auteurs une récompense aussi précieuse qu'elle est vivement désirée.

Nous avons l'honneur d'être, Monseigneur, avec le plus profond respect,

de Votre Grandeur,

les très-humbles et très-obéissants serviteurs.

Les Prêtres Missionnaires de saint Bernard.

Fontaine-lès-Dijon,
en la fête du Sacré-Cœur de N.-S., le 4 juin 1880.

—

Nous, *Évêque de Dijon,*

Sur le compte favorable qui Nous a été rendu d'un *Recueil de chants à l'usage des pèlerins du Berceau de saint Bernard,* édité par les Prêtres Missionnaires, gardiens de ce lieu vénéré,

Nous l'approuvons volontiers et le recommandons aux fidèles de notre Diocèse.

Nous faisons les vœux les plus ardents pour que le culte de saint Bernard, prenant chaque jour de nouveaux accroissements, attire de plus en plus dans le Sanctuaire de Fontaine-lès-Dijon, les foules désireuses de marcher sur les traces de cet illustre Saint, et de s'abriter sous sa puissante protection.

† FRANÇOIS, *Évêque de Dijon.*

Place du sceau.

Dijon, le 12 juin 1880.

Un recueil de chants à l'usage des pèlerins du *Berceau de saint Bernard* semblait devenu nécessaire. Nous le publions aujourd'hui.

Nous sommes à l'aise pour en parler et pour le recommander. Aux auteurs sied la réserve; nous n'intervenons pas en cette qualité. Aussi dirons-nous simplement, forts de l'opinion des juges les plus compétents, que ce modeste volume n'est pas indigne de l'estime des amis de notre Saint. Ils y retrouveront leur foi, leurs supplications, leurs intimes désirs, leur cœur en un mot. Pouvait-il en être autrement? La pensée de ce travail est née au milieu d'eux; elle a grandi sur le sol béni du vieux manoir de Fontaine, au contact de leur ardente piété! C'est pour ainsi dire leur bien qui leur est restitué, mais embelli par des rapprochements heureux et les industries d'un art délicat.

Un mot suffira pour justifier l'étendue donnée

à ce recueil. Ne convenait-il pas d'épargner aux pèlerins la fatigue d'une répétition trop fréquente des mêmes airs et des mêmes paroles? Nous blâmeront-ils de leur avoir offert des chants en plus grand nombre, afin de laisser à leur suffrage le choix de ceux qui seraient destinés peut-être à devenir populaires?

Le côté musical de l'œuvre n'a pas été moins soigneusement traité. Une grande variété était nécessaire; on verra qu'elle existe. Le bon goût prescrivait d'éviter également les mélodies banales et les airs à prétention; nous croyons qu'on y a réussi. Certains chants sont déjà connus; ils aideront les pèlerins à se familiariser avec le recueil, d'autres n'ont pas encore subi l'épreuve de la publicité; nous espérons pour eux l'heureuse fortune de leurs aînés.

La distribution des cantiques qui forment comme la première partie de notre petit volume était d'elle-même indiquée. En effet, il s'agissait de rappeler d'abord les principaux souvenirs qui se rattachent à la maison paternelle de saint Bernard, puis de faire valoir les titres du Saint lui-même à la confiance et à la vénération de ceux qui viennent l'invoquer. On ne pouvait oublier la croisade, c'est-à-dire l'action puissante de saint Bernard sur son siècle et les leçons qui en découlent pour le nôtre. Enfin, comment ne pas mêler aux louanges de l'incomparable Docteur, les louanges de Celle dont il fut le panégyriste le plus éloquent et l'enfant le plus privilégié? Nous avions d'ailleurs, pour nous y autoriser, l'exemple de nos dévots aïeux qui ont voulu saluer la Reine du Ciel du nom consolant de *Notre-Dame de Toutes les Grâces,* au lieu même où est né saint Bernard. Tel est, avec les cantiques d'adieu, l'ensemble de cette première partie.

La seconde se compose principalement de chants latins en l'honneur de saint Bernard, empruntés soit à la liturgie cistercienne, soit à l'ancien bréviaire dijonnais. Donner ces chants c'était le moyen de faire glorifier l'illustre Docteur dans la langue de l'Eglise pendant les saints offices, et répandre parmi nous ses louanges traditionnelles. Nous avons cru répondre au vœu des pèlerins en y joignant des hymnes et prières communément attribuées au saint abbé. Enfin, à la demande expresse de plusieurs, on a terminé par un Appendice contenant la Messe et les Vêpres de saint Bernard et quelques prières appropriées au pèlerinage.

On ne s'étonnera pas de rencontrer dans ces pages des notes explicatives assez nombreuses. Elles serviront à faire mieux saisir des allusions, à préciser quelques points d'histoire et à raviver des souvenirs que le malheur des temps n'a que trop effacés.

Ces lignes suffisent pour indiquer le caractère

du recueil que nous éditons; mais il nous reste un devoir à remplir, c'est d'exprimer notre vive gratitude à toutes les personnes qui, sur notre prière, ont mis avec tant de bonne volonté leur expérience et leurs talents au service d'une cause qui devient chaque année plus chère à notre diocèse.

Daigne Notre-Dame de Toutes les Grâces, daigne saint Bernard bénir ce petit livre, ses auteurs et les pèlerins auxquels il est destiné!

PREMIÈRE PARTIE

CANTIQUES

LE BERCEAU

DE

SAINT BERNARD.

Locus in quo stas, terra sancta est.
(Exod., 3, 5.)

N° 1.

MARCHE DES PÈLERINS.

Exultávit ut gigas, ad curréndam viam.
(Ps. 18, 6.)

Mozart.

Tempo di Marcia.

COUPLET.

De la Bour-gogne ô la plus no-ble gloi-re, Il-lustre en-fant de l'an-ti-que châ-teau, Pour t'im-plo-rer, pour fê-ter ta mé-moi-re Le Pé-le-rin accourt à ton Ber-ceau. (1)

REFRAIN.

O saint Ber-nard, à toi re-con-nais-san-ce, A toi nos vœux et nos hymnes d'a-mour! Du lieu bé-ni de ta nais-san-ce, Saint Protec-teur, sur nous veille tou-jour. (2)

2. Oui, nous venons prier sur ta Colline,
   Sur ce sommet entre tous préféré,
   Pays heureux dont la faveur divine
   Fit un séjour à jamais vénéré.

3. Riant coteau! les mains de la nature
   L'ont couronné de grâce et de splendeur;
   Mais sur son front la plus belle parure
   C'est ta Chapelle, ô sublime Docteur!

4. Pour parcourir sa brillante carrière,
   Là s'est levé cet astre radieux
   Dont les ardeurs ont fécondé la terre,
   Dont les clartés ont embelli les cieux.

5. Remplis d'espoir, transportés d'allégresse,
   Vois-nous, Bernard, voler à ton autel ;
   Au Pèlerin révèle ta tendresse,
   Obtiens pour lui tous les bienfaits du ciel.

6. Si de tes saints la tombe est glorieuse,
   A leur berceau, jaillit aussi, Seigneur,
   Des dons sacrés la source précieuse ;
   Là ton amour sourit à notre cœur.

---

(1) La dénomination de *Berceau de saint Bernard* est récente ; les anciens documents portent : *endroit, lieu où saint Bernard est né.* On n'a pas cru devoir rejeter une expression qui, bien que figurée, a néanmoins l'avantage d'être courte et précise.

(2) Le saint est appelé *Protecteur de la Couronne, de l'Estat ; Patron spécial de la province de Bourgogne* (Lettres patentes de Louis XIV, 1652 et 1653) ; *l'un des Patrons et Protecteurs du diocèse de Langres,* dont Dijon faisait alors partie (Ordonn. de Mgr Zamet, évêque de Langres, 1653) ; *Patron et Protecteur de la religieuse ville de Dijon* (Inscription de la troisième cloche donnée en 1622 par la ville de Dijon au Berceau de saint Bernard).

N° 2.

LES SOUVENIRS.

Flores apparuérunt in terra nostra.
(Cant., 2, 12)

M. l'abbé Piellard.

Tempo di Marcia.

COUPLET.

La voi . ci donc, Bernard, l'heureu.se ter . . re, Voi ci le toit où tu reçus le jour! Sur ces dé . bris du ma . noir de ton pè . re Notre œil char . mé s'arrête avec a . mour. (1)

REFRAIN.

Re . viens, re . viens dans ce doux hé . ri . ta . . ge, O saint Ber . nard, des . cends des cieux; Du Pé . le . rin daigne a . gré . er l'hom.

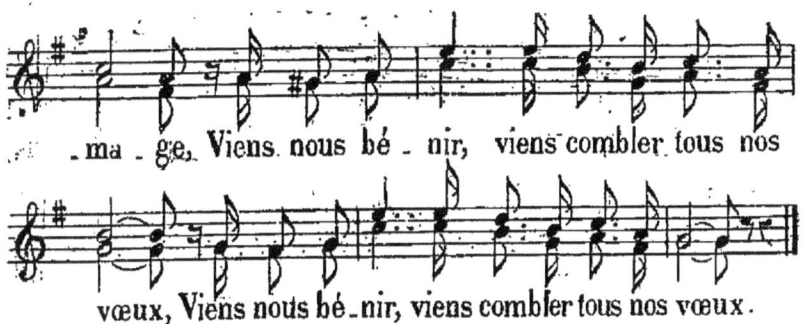

_ma _ ge, Viens. nous bé _ nir, viens combler tous nos

vœux, Viens nous bé_nir, viens combler tous nos vœux.

2. Sois notre guide, apprends-nous à connaître
   L'asile saint, cher à tes premiers ans ;
   De ce séjour où le ciel te fit naître
   Révèle-nous les mystères touchants.

3. Sous le regard d'une mère pieuse (2),
   Là tu croissais comme une tendre fleur ;
   Là tu sentais son âme vertueuse
   Comme un parfum s'épancher dans ton cœur.

4. Assis près d'elle au front de la colline,
   Les yeux fixés sur ces beaux horizons,
   Là tu brûlais d'une flamme divine
   En écoutant ses célestes leçons.

5. Témoins longtemps de tes joies innocentes,
   Ces lieux encore ont vu ton deuil cruel,
   Quand le soutien de tes vertus naissantes,
   Ta mère, hélas ! s'envola seule au ciel (3).

6. C'est dans cette onde à nos pieds étendue,
   Fidèle amant de la virginité,
   Qu'on vit un jour ton innocence émue
   Chercher le calme et la sérénité.

7. Là Tescelin a de sa main tremblante
   Au jour d'adieu béni tous ses enfants,
   Lorsque l'accent de ta voix éloquente
   Leur fit quitter pour Dieu les biens présents.

8. Non loin du seuil du château de ton père,
   Sur la pelouse, à vous s'offrit Nivard.
   Guido lui dit : Prends tous ces biens, mon frère.
   — Non, dit l'enfant, du ciel je veux ma part.

9. Quel feu divin en ces lieux nous enflamme !
   Quel saint transport fait tressaillir nos cœurs !
   Ici, Bernard, ici vit ta grande âme
   Du ciel sur nous attirant les faveurs.

10. A notre France, à ta chère patrie
    Garde la foi, c'est là son premier bien ;
    Inspire-nous ta brûlante énergie
    Pour soutenir l'honneur du nom chrétien.

(1) Tescelin-le-Roux, père de saint Bernard, était originaire de Châtillon-sur-Seine, mais en même temps *seigneur d'un moindre château fort qui porte le nom de Fontaine et domine la très célèbre Ville forte de Dijon, du haut de la roche où il est placé* (Geoffroi, secrétaire et biographe du Saint. Frag. nº 1). Il ne reste plus de ce château que la *Tour d'entrée* et une partie notable de la *Grosse Tour* ou *Tour de Monsieur sainct Bernard* renfermant le *Cellier ou Chambre dans laquelle fut né mondit sieur sainct Bernard* (Titre de 1429). Cette chambre est actuellement le sanctuaire de la Chapelle Saint-Bernard.

(2) Aleth, mère de saint Bernard, était fille de Bernard, seigneur de Montbard; elle fut vénérée comme une sainte même par ses contemporains. On lit dans le Ménologe de Citeaux, à la date du 4 avril : *In Gallia* BEATA *Aléydis, mater sanctissimi P. N. Berndrdi.*

(3) La *Bienheureuse* Aleth mourut au château de Fontaine le 1ᵉʳ septembre 1105. (Acta Bolland. de S. Bernárdo, n. 16.) Saint Bernard était alors âgé de 14 ans.

1.

Nº 3.

LA CHAPELLE.

Introdúcam ... in cubículum genitrícis meæ.
(Cant., 3, 4.)

M. Simon.
(Echos de Massabielle) (*).

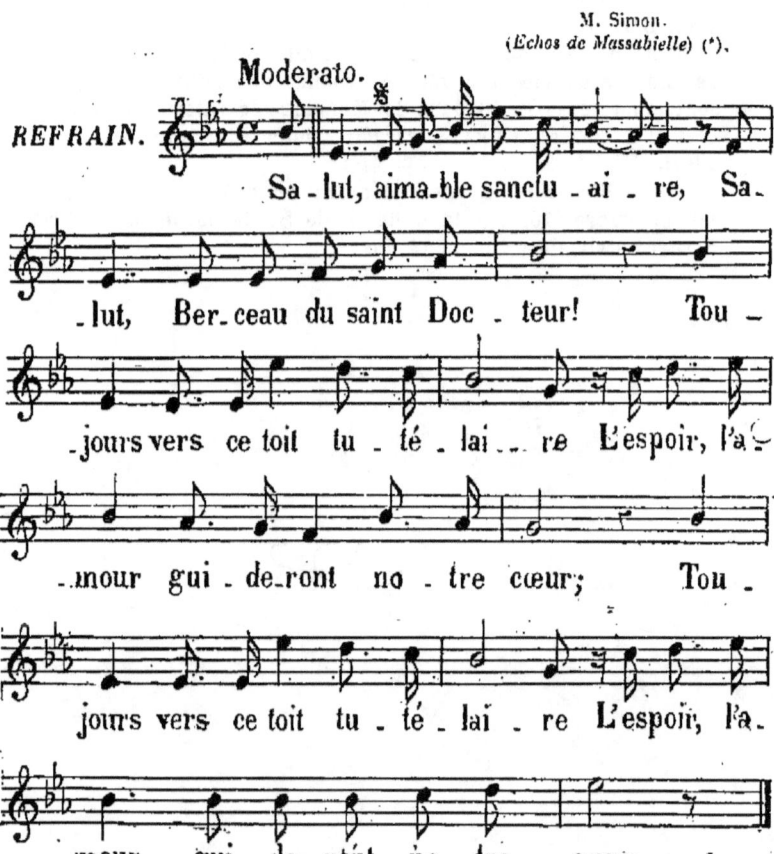

REFRAIN. Moderato.

Sa - lut, aima-ble sanctu - ai - re, Sa-
-lut, Ber-ceau du saint Doc - teur! Tou -
-jours vers ce toit tu - té - lai - re L'espoir, l'a-
-mour gui - de-ront no - tre cœur; Tou -
jours vers ce toit tu - té - lai - re L'espoir, l'a-
-mour gui - de - ront no - tre cœur.

(*) Les Echos de Massabielle, recueil de cantiques publié par A. Dargein, se trouvent à Lourdes, chez les demoiselles Tard'hivail, libraires, 4, place Marcadal.

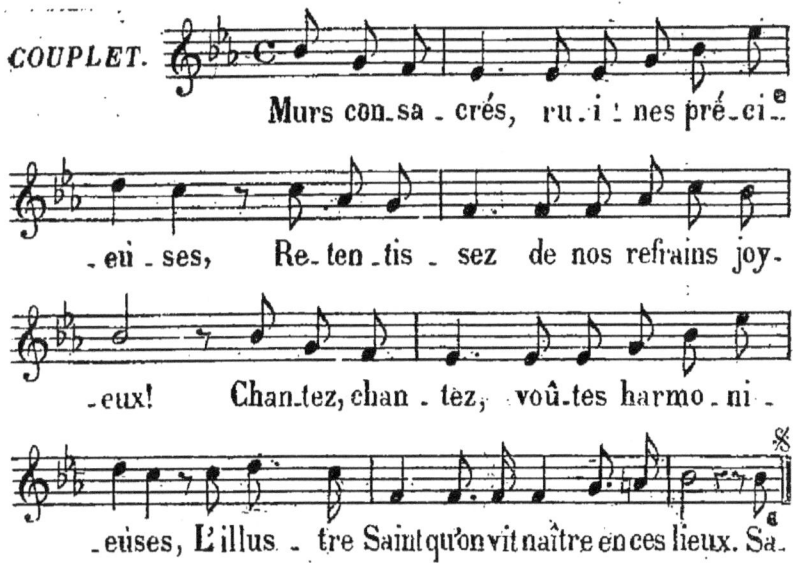

COUPLET.

Murs con_sa_crés, ru_i_nes pré_ci_

_eù_ses, Re_ten_tis_sez de nos refrains joy-

_eux! Chan_tez, chan_tez, voû_tes harmo_ni_

_eùses, L'illus_tre Saint qu'on vit naître en ces lieux. Sa_

2. Avec bonheur le prêtre sacrifie
Dans le lieu même, à l'endroit fortuné (1)
Où, s'éveillant aux clartés de la vie,
Parut Bernard, l'enfant prédestiné.

3. Là, dans l'élan de sa reconnaissance,
Se souvenant des présages du ciel,
L'heureuse Aleth à Dieu, dès sa naissance,
Voua le fruit de son sein maternel (2).

4. Sainte maison, où d'une ardeur égale
Se consumaient et la mère et le fils,
Quel doux parfum de tes vieux murs s'exhale
Et quel éclat couvre encor tes débris!

5. Par nos aïeux à la Vierge Marie
Ce lieu béni jadis fut dédié; (3)
L'œil vigilant d'une mère chérie
Garde l'asile à ses soins confié. (4).

6. Ici toujours des mains religieuses
   Ont réparé les outrages du temps,
   Et de nos rois les offrandes pieuses
   Ont su t'orner, gracieux monument. (5)

7. Tu vis jadis la vertu, le génie (6)
   Devant Bernard tour à tour prosternés ;
   Tu vois encor dans leur foi rajeunie
   Des flots de peuple à leur suite entraînés.

8. Oh ! reste-nous, noble et saint héritage,
   Dans ton enceinte aime à nous réunir,
   Et parmi nous conserve d'âge en âge
   De saint Bernard le vivant souvenir.

(1) Cette strophe formule une tradition pieusement conservée au Berceau de saint Bernard; elle est rapportée par un pèlerin de 1667, Dom Joseph Méglinger, religieux cistercien de Wettingen, au diocèse de Constance, qui se félicite d'avoir célébré sur l'autel élevé à l'endroit même où naquit saint Bernard : *In altári quod jam eum óccupat locum, in quo de piæ paréntis útero in hanc mortalitátis lucem progréssus est sanctus Bernárdus.* (Descript. itin. cist., p. 101.)

(2) La pieuse Aleth avait déjà offert au Seigneur ses deux premiers fils Guido et Gérard, dès le moment de leur naissance ; mais pressentant la sainte destinée de Bernard, elle voulut, disent ses biographes, à l'exemple d'Anne, mère de Samuel, consacrer à Dieu cet enfant d'une manière toute particulière.

(3) La Reine du ciel avait un droit spécial à être honorée dans un sanctuaire dédié au saint qu'on a si justement appelé *le Chantre de la Glorieuse Vierge.* Aussi les Feuillants y érigèrent-ils un autel à la sainte Vierge sous le vocable de *Notre-Dame de toutes les Grâces,* appellation empruntée à saint Bernard lui-même. C'est ce que prouvent et l'inscription encore lisible au-dessus de l'une des portes, côté est: *Sacéllum Beátæ Maríæ Dóminæ Gratiárum* et les initiales *B. M. V. O. G. D.* (*Beátæ Maríæ Vírgini Omnium Gratiárum Dóminæ*), que portent plusieurs bases des colonnes, sur la face recouverte par le fût.

(4) Le temps a détruit la plus grande partie du vieux château de Fontaine ; les démolisseurs de 1793 n'ont pas laissé debout une seule

pierre du monastère des Feuillants; les batteries allemandes (janvier 1871) ont, pendant trois jours consécutifs, couvert de leurs projectiles les bâtiments actuels du Berceau de saint Bernard et leurs alentours; la *Chambre natale* du saint a échappé à toutes ces causes de ruine. Comment l'expliquer sinon par une disposition toute providentielle qui doit grandement augmenter la foi et la dévotion des pèlerins?

(5) On peut dire qu'à part la seule période de 1791 à 1841, le Berceau de saint Bernard a été constamment entouré de respect et de vénération. On est autorisé à le conclure 1º de l'acte de 1429, déjà cité; 2º de l'acte de donation de 1462, mentionnant l'obligation d'élever une chapelle en l'honneur du saint, dans le château de Fontaine, obligation qui ne put être immédiatement remplie; 3º de l'existence d'une *Confrairie* de Saint-Bernard, très-florissante au xvᵉ et au xviᵉ siècle; 4º de la transformation de la Chambre natale de saint Bernard en chapelle, bien avant l'acquisition des Feuillants; 5º des Lettres patentes de Louis XIII (juillet 1618) qui constatent que cette chapelle *a été et est encore vénérée par grand concours de peuple;* 6º de la construction du monument actuel (1619), témoignage de la dévotion particulière de Louis XIII et d'Anne d'Autriche pour saint Bernard; 7º enfin de l'érection canonique d'une nouvelle *Confrairie* de Saint-Bernard en la chapelle ou église des PP. Feuillants (22 juillet 1653). (Voir la note sur Fontaine-lès-Dijon, par M. Ph. Guignard.)

(6) Pendant que saint François de Sales prêchait le carême à Dijon en 1604, *il allait souvent célébrer à la chapelle de Saint-Bernard de Fontaine.* (Sa vie, par Ch. Aug. de Sales, liv. VI.) Il y prononça même un panégyrique solennel de saint Bernard, dont il prend plaisir à rappeler la division, dans une lettre sur la prédication adressée l'année suivante à André Frémyot, frère de sainte Chantal, récemment élevé au siège archiépiscopal de Bourges. (Œuvres complètes de S. Fr. de Sales, préface des sermons). Sainte Jeanne-Françoise de Chantal vint également prier au sanctuaire de Fontaine, à la veille d'entreprendre son voyage si décisif de Saint-Claude. (Mémoires de la mère de Chaugy sur sainte Chantal, chap. 15.) Est-ce téméraire d'affirmer que Bossuet dans sa première jeunesse a fréquemment visité le Berceau de son illustre compatriote?

N° 4.

LES REFRAINS DU PÈLERIN.

Ascendámus ad montem Dómini.
(Is., 2. 3.)

Andantino.

COUPLET.

Sur la sain_te Col _ li _ ne,
Ac_courons, Pé_le _ rins; Pleins d'une ardeur di _
_vi _ ne Chan _ tons nos gais re _ frains.

REFRAIN.

Grand Saint dont la mémoire Nous rassemble en ces
lieux, Re _ çois nos chants de gloi _ re,
Re _ çois aus_si nos vœux, Re _ çois nos chants de
gloi _ re, Re _ çois aus_si nos vœux.

2. Notre reconnaissance
   Célèbre avec bonheur
   Ta sublime puissance,
   Ton amour protecteur.

3. Jadis sollicitées
   Par nos dévots aïeux,
   Des faveurs signalées
   Ont consacré ces lieux. (1)

4. A saint Bernard encore
   Le chrétien a recours,
   Et l'âme qui l'implore
   Trouve en lui son secours.

5. L'aimable sanctuaire
   Autrefois son berceau,
   Promet à la prière
   Quelque bienfait nouveau.

6. La foi n'est pas éteinte
   Au cœur du Pèlerin ;
   Sa voix dans cette enceinte
   Ne priera pas en vain.

7. Dans ta sainte chapelle
   Daigne encore, ô Bernard,
   Sur ce peuple fidèle
   Abaisser ton regard.

8. Au pied de ton image
   Tu nous vois à genoux,
   Nous attendons le gage
   De ton amour pour nous.

(1) On lit dans les Lettres patentes de 1618 qu'*en la chapelle de saint Bernard, plusieurs obtiennent des grâces et faveurs d'en haut très singulières et extraordinaires par les intercessions de ce glorieux saint.* Le crédit de saint Bernard invoqué dans sa maison paternelle u'est pas amoindri ; des faits récents le prouvent ; c'est tout ce que la prudence nous autorise à dire sur ce sujet.

N° **5.**

LE PÈLERIN FIDÈLE.

Vadam ad montem myrrhæ
et ad collem thuris.

(Cant., 4, 6.)

COUPLET. Moderato.

Je te revois, terre à jamais bé-

-ni-e, Charmant co-teau, sé-jour pré-des-ti-

-nés. A ton as-pect mon âme est at-ten-

-dri-e, Heu-reux pa-ys où saint Bernard est né!

REFRAIN.

O saint Ber-nard, à toi lou-ange et

gloi-re, A-mour à toi, saint Pro-tec-

-teur! Le Pè-le-rin fi-dèle à ta mé-

-moi-re Vient te pri-er, te rendre hon-

neur. O saint Bernard, à toi louange et gloire, Amour à toi, saint Protecteur!

2. Je te revois, aimable sanctuaire,
   Berceau d'un Saint, asile consacré !
   Douce chapelle à mon âme si chère,
   Accueille-moi sous ton toit vénéré.

3. Je te revois, auguste et sainte image
   Où de Bernard je contemple les traits !
   Ici mon cœur aime à lui rendre hommage,
   A réclamer son appui, ses bienfaits.

4. De son crédit je connais la puissance,
   Souvent déjà j'éprouvai ses bontés ;
   Je viens, j'accours rempli de confiance,
   Ici mes vœux sont toujours écoutés.

5. Daigne, ô Bernard, exaucer ma prière,
   Prête l'oreille au cri du Pèlerin ;
   Ne souffre point que, dans ton sanctuaire,
   Ce jour m'ait vu me prosterner en vain.

6· Je le promets, ma voix reconnaissante
   Ne cessera de redire en ses chants
   Comment ta main tendre et compatissante
   Sut m'entourer de ses soins bienveillants.

7. Je veux surtout, je veux, pour mieux te plaire.
   Dans la vertu me fixer sans retour ;
   De ta ferveur l'exemple salutaire
   A servir Dieu m'animera toujour.

A SAINT BERNARD

HOMMAGE ET PRIÈRE,

> De Sion tuére nos qui de terra
> te laudámus.
>   (S. Bern., off. de S. Victóre.)

N° 6.

HOMMAGE DE LA BOURGOGNE A SAINT BERNARD.

Absit ... ut ejus vestigia relinquámus.
(Jos., 22, 29.)

REFRAIN. — Allegro.

Oui, dans ces lieux témoins de sa nais-
-san - ce, Cé _ lé _ brons, ex _ al _ tons saint Ber-
-nard; Fiers de son nom et forts de sa puis-
-san - ce, Ran _ geons-nous sous son noble é _ ten-
-dard, Rangeons-nous sous son noble éten-dard.

COUPLET.

Sois donc bé _ ni sur ta sain - te Col.
_ li _ ne, Sois ac _ cla _ mé dans nos joyeux con-

_certs; Saint glo _ ri _ eux, de _ vant toi tout s'in _
_cli _ ne, Ta renom _ mée à rempli l'u _ ni _ vers. **D.C.**

2. Dans la Bourgogne à jamais illustrée
   Par tes vertus, par ton nom immortel,
   Nous conservons ta trace vénérée,
   Nous l'entourons d'un culte solennel.

3. A Châtillon, sur les bords de la Seine,
   Où, tendre enfant, t'apparut le Sauveur, (1)
   On te bénit, et cette ville est pleine
   Du souvenir de ta céleste ardeur.

4. Aux flancs d'un mont chez nous s'élève encore
   Un bourg fameux à tes aïeux soumis :
   Montbard toujours et t'acclame et t'honore,
   Jamais d'Aleth il n'oubliera le fils. (2)

5. Citeaux n'est plus ; mais parmi ses ruines
   Entends des voix, des chants te célébrer :
   La charité sut de ses mains divines
   Y recueillir des cœurs pour t'implorer. (3)

6. Oh ! que Dijon est fier de ton génie,
   Fier du grand Saint qui sait nous protéger !
   Là resplendit ton image bénie
   Que ses enfants ont voulu t'ériger. (4)

7. Mais nous surtout dans cet heureux village,
   Sur le sommet de ce charmant coteau,
   Favorisés d'un plus doux héritage
   Avec amour nous gardons ton Berceau.

8. Quand le soleil dans sa course annuelle
   Ramène un jour aimé du Pèlerin,
   On voit alors la Bourgogne fidèle
   Du vieux manoir reprendre le chemin.

9. La foule émue à ton autel se presse,
   T'offre à l'envi ses hommages, ses vœux,
   Et ses refrains, ses hymnes d'allégresse
   Pour te fêter s'élèvent jusqu'aux cieux.

10. Sois donc béni sur ta sainte Colline,
    Sois acclamé dans nos joyeux concerts !
    Saint glorieux, devant toi tout s'incline,
    Ta renommée a rempli l'univers.

(1) Saint Bernard, tout jeune encore, fut conduit à Châtillon-sur-Seine, par la pieuse Aleth, pour y étudier à l'école des chanoines de la collégiale de Notre-Dame. Or, une nuit de Noël, comme l'enfant sommeillait dans la maison de son père, le mystère de Jésus naissant lui fut tout à coup révélé. Sur ces entrefaites les cloches ayant annoncé l'office, sa mère l'éveilla, le revêtit de l'habit de chœur des chanoines et le conduisit à l'église. Le saint avouait depuis que cette vision l'avait initié aux grandeurs ineffables de la naissance du Sauveur. (Gaufrid. Vita 3ª, c. 2.) Châtillon conserve encore pieusement le souvenir de ce fait miraculeux.

(2) Le souvenir de la bienheureuse Aleth et de saint Bernard est toujours vivant à Montbard. La première s'y exerça avant son mariage à ces œuvres de douce charité qui lui affectionnèrent tous les cœurs; le second, grâce à sa très-proche parenté avec les seigneurs de Montbard, provoqua la fondation de la magnifique abbaye de Fontenet, aux portes de la ville (1136).

(3) Citeaux est actuellement une colonie agricole des plus florissantes; d'humbles prêtres y ont formé, avec de pauvres enfants abandonnés, une sorte de communauté dont la régularité, le bon esprit et la discipline moitié religieuse, moitié militaire, consolent la vieille abbaye de la disparition de ses hôtes d'autrefois.

(4) La statue de saint Bernard, à Dijon, a été érigée le 7 novembre 1847, par l'initiative et sous la direction d'un comité composé de personnes notables de la ville et présidé par Mgr Rivet, évêque de Dijon. Cette œuvre magistrale en bronze est due au ciseau de M. Jouffroy, sculpteur sorti de l'école dijonnaise.

N° 7.

LÉGENDE DE SAINT BERNARD.

Erat lucérna ardens et lucens.
(Joan., 5, 35.)

Mélodie ancienne.

REFRAIN. Moderato.

Cé _ lé _ brons par nos loù _ an _ ges

Notre il _ lus _ tre Pro _ tec _ teur,

En _ tou _ rons de nos pha _ lan _ ges

Le Ber _ ceau du saint Doc _ teur.

COUPLET.

Saint Ber _ nard, nos voix fi _

_ dè _ les Vont pu _ bli _ er dans leurs

chants Et vos gloi _ res immor _ tel _

_ les, Et vos bien _ faits é _ cla _ tants.

D.C.

2. Vous êtes pur comme l'ange,
   Les lis ornent votre cœur ;
   Jamais la terrestre fange
   N'en a terni la blancheur.

3. Au sein d'une onde glacée,
   Sans nul souci de vos jours,
   Votre vertu menacée
   Allait chercher du secours.

4. Dès l'enfance la plus tendre
   Combien le ciel vous aimait !
   Il eut soin de nous l'apprendre
   Par le plus touchant bienfait.

5. C'était la nuit mémorable
   Où naquit l'Enfant divin ;
   Dans une extase ineffable
   Il vous apparut soudain.

6. Dieu seul dès lors sut vous plaire
   Et, par ses charmes puissants,
   Vers le cloître solitaire
   Il guida vos jeunes ans.

7. Combien d'âmes généreuses
   S'enflamment à vos accents !
   Sur vos traces glorieuses
   Accourent tous vos parents. (1)

2

8. Comme en un autre Cénacle (2)
   Les voici sous votre loi,
   Au monde offrant le spectacle
   Des plus beaux jours de la foi.

9. Avec quels transports de joie
   Étienne accueille à Citeaux (3)
   Celui que le ciel envoie
   Pour mettre un terme à ses maux !

10. Bientôt la *Claire vallée*
    Abrite un peuple d'élus,
    Et se voit tout embaumée
    Du parfum de leurs vertus.

11. De ces ferventes phalanges
    Comment dépeindre l'amour ?
    On dirait un chœur des anges
    Descendu dans ce séjour.

12. C'est vous, ô Saint magnanime,
    Qui soutenez leur ardeur :
    Votre exemple les anime
    A se donner au Seigneur.

13. Pour Dieu, sous la règle austère,
    Heureux de vous immoler,
    Dans le travail, la prière
    Je vois vos jours s'écouler.

14. En votre humble solitude
    Loin du monde enseveli,
    Vos soins, votre unique étude
    C'est de vivre dans l'oubli.

15. Mais fidèle à ses oracles,
    Quand vous fuyez tout honneur,
    Dieu par d'éclatants miracles
    Exalte son serviteur.

16. L'auréole du génie
    Brille autour de votre front,
    Et tout l'univers publie
    La gloire de votre nom.

17. Arbitre dans les conciles,
    Médiateur près des rois,
    Les cœurs les plus indociles
    Se rendent à votre voix. (4)

18. Du siège immortel de Pierre
    Intrépide défenseur,
    Par votre appui tutélaire
    INNOCENT se voit vainqueur. (5)

19. Si Jérusalem tremblante
    Voit ses remparts menacés,
    Votre éloquence entraînante
    Arme aussitôt les Croisés.

20. Grand Saint, votre âme nous reste
    Dans vos suaves écrits,
    Et par votre voix céleste
    Nous sommes encore instruits.

21. Longtemps avant d'apparaître
    Devant nos regards émus,
    A vous s'était fait connaître
    L'aimable Cœur de Jésus. (6)

22. Lorsque de ce tendre asile
    Vous nous peignez les douceurs,
    Oh ! comme d'une aile agile
    Vers lui s'envolent nos cœurs.

23. Toujours la Vierge Marie
    Vous prodigua ses bienfaits,
    Et vos yeux dès cette vie
    Ont pu contempler ses traits. (7)

24. Mais aussi pour notre Mère
    L'univers sait vos ardeurs ;
    Nul n'a mieux chanté sur terre
    Ses bontés et ses grandeurs. (8)

25. Vierge par votre innocence,
    Apôtre par vos travaux,
    Martyr par la pénitence,
    Est-il des titres plus beaux ?

Autre air pour le n° 7.

COUPLET. Moderato.

Saint Ber _ nard, nos voix fi _ dè _ les Vont pu _ bli _ er dans leurs chants Et vos gloi _ res im _ mor _ tel _ les, Et vos bienfaits é _ cla _ tants.

REFRAIN.

Cé _ lé _ brons par nos lou _ an _ ges Notre il _ lus _ tre Pro _ tec _ teur; En _ tou _ rons de nos pha _ lan _ ges Le Ber _ ceau du saint Doc _ teur, Le Ber _ ceau du saint Doc _ teur.

2.

(1) Parmi les parents de saint Bernard, le premier qui renonça au monde, gagné par les exhortations du jeune apôtre, fut Gaudry, son oncle maternel, seigneur de Touillon, près Montbard ; cette conquête fut suivie de celle des propres frères du saint, Barthélemy, André et Guy ; Gérard fut plus difficile à vaincre et se rendit seulement après le siège du château de Granceÿ, où il fut blessé. Nivard, le plus jeune, rejoignit ses frères à Cîteaux. Le vieux Tescelin lui-même vint humblement se placer sous la conduite de son fils à Clairvaux et y mourut en saint religieux.

(2) C'est à Châtillon que saint Bernard se retira tout d'abord avec ses fervents compagnons (1112). On montre encore la maison qui abrita cette généreuse phalange ; c'est la même où le saint avait habité pendant ses études ; elle fut donnée en 1621 aux Feuillants qui y construisirent un monastère occupé aujourd'hui par les religieuses Ursulines. (Hist. de Châtillon, par M. Gust. Lapérouse, p. 174 et suiv.)

(3) La vie de Cîteaux était si austère et si mortifiée, que les novices se décourageaient ou succombaient à la peine ; aussi fut-ce avec une consolation indicible que saint Etienne Harding reçut Bernard, ses frères et les trente gentilshommes bourguignons qui venaient lui demander l'habit religieux (1113). Le saint abbé avait été averti de ce fait merveilleux par une révélation.

(4) Saint Bernard prit part aux travaux des conciles d'Etampes (1130), de Pise (1134), de Sens (1140) et de Rheims (1148). Il traita les affaires les plus importantes avec les rois de France, Louis VI et Louis VII, le roi d'Angleterre, Henri Ier, les empereurs d'Allemagne, Lothaire II et Conrad III, Roger, roi de Sicile et Guillaume, duc d'Aquitaine.

(5) A la mort d'Honorius III (1130), un intrus, Pierre de Léon, usurpa la Chaire de Saint-Pierre, sous le nom d'Anaclet, et s'opposa à Innocent II, le pape légitime. Celui-ci vint chercher un refuge en France, où, grâce à saint Bernard, son autorité fut reconnue par le concile d'Etampes. L'abbé de Clairvaux travailla aussi à l'extinction du schisme en Italie et amena l'antipape Victor, successeur d'Anaclet, aux pieds d'Innocent II (29 mai 1138).

(6) Une ancienne tradition, que semble consacrer l'autorité du Bréviaire romain, attribue à saint Bernard un traité intitulé *Vitis mystica, seu Tractátus de Passióne Dómini*, d'où sont extraites les leçons du second nocturne de l'office du Sacré-Cœur. Mabillon rend hommage à la piété, à la science et même à l'élégance particulière de cet opuscule ; cependant il hésite à y reconnaître le style de saint Bernard.

(7) Saint Bernard fut favorisé de plusieurs apparitions de la sainte Vierge : la première est celle de la nuit de Noël, à Châtillon, rapportée par tous ses biographes ; parmi les autres il faut citer

celle où la Mère de Dieu, accompagnée de saint Laurent et de saint Benoît, lui rendit miraculeusement la santé. (Guill. à S. Theod. Vita Iᵃ, liv. 1. c. 12. n. 58), puis celle de Spire en 1146, d'après Manrique ; celle d'Affighem en Belgique (1147), et enfin la seconde de Châtillon, l'année même de sa mort (1153), toujours d'après Manrique.

(8) Les plus graves auteurs aiment à donner à saint Bernard le titre de *Chantre de la bienheureuse Vierge Marie* « *Cytharista Beátæ Mariæ Virginis.* »

N° 8.

LE MODÈLE DE LA JEUNESSE CHÉTIENNE.

Puer autem ... crescébat et placébat
tam Dómino quam homínibus.

(1 *Reg.*, 2, 26.)

Le Frère Pacôme.

Moderato.

COUPLET.

O toi dès la tendre en-fan-ce Soumis aux lois du Sei-gneur, Toujours bril-lant d'in-no-cen-ce, Toujours brû-lant de fer-veur;

REFRAIN.

Saint Bernard, sois mon mo-dè-le, Rends-moi chaste, humble et pi-eux: Sur tes pas, gui-de fi-dè-le, Oui, je veux al-ler aux cieux, Oui, je veux al-ler aux cieux.

2. Quelle grâce, enfant modeste,
   Quel charme pur dans tes traits !
   Que ton regard est céleste !
   Un ange a-t-il plus d'attraits? (1)

3. Plein de respect, de tendresse
   Pour les auteurs de tes jours,
   Tu te plais de leur sagesse
   A réclamer le secours.

4. Docile à ta sainte mère,
   Près d'elle tu vis heureux.
   Toujours son image chère
   S'offre vivante à tes yeux

5. Enfant aux pauvres tu donnes,
   Tu soulages leur besoin,
   Et tes discrètes aumônes
   N'ont que le ciel pour témoin.

6. Mille fois heureux tes frères !
   L'exemple de tes vertus,
   Tes conseils et tes prières
   Les gagnent tous à Jésus.

7. Le travail, la solitude
   Te procurent le bonheur,
   Et tu portes à l'étude
   La plus invincible ardeur.

8. Un goût précoce t'incline
   Vers les célestes Ecrits;
   De la science divine
   Tu connais bientôt le prix.

9. Dans le monde rien n'attache,
   Rien ne captive ton cœur,
   Aimable Saint, fleur sans tache
   Qu'attend l'autel du Seigneur.

10. Dès le printemps de ta vie
    Au siècle tu dis adieu,
    Et ta jeune âme est ravie
    De se consacrer à Dieu.

11. Tu fuis tout ce qu'on adore :
    Grandeur, richesse, plaisir;
    Et ta noblesse s'honore
    D'être pauvre et d'obéir.

12. Tu m'enseignes la sagesse,

Le chemin du vrai bonheur ;

Puissé-je y marcher sans cesse

Et t'y suivre avec ardeur !

(1) L'un des biographes de saint Bernard écrit : « *Si grande était la beauté intérieure de cet homme, qu'il fallait en quelque sorte qu'elle éclatât au dehors ; la pureté et la grâce qui débordaient de son âme inondaient toute sa personne d'une splendeur plus digne du ciel que de la terre.* » (Alan. Vita 2ª, c. 5.)

N° 9.

LE SACRIFICE.

Tóllite jugum meum ... et inveniétis réquiem.

(Matt., 11, 29.)

De la Lyre du Garde d'honneur. (*)

COUPLET.

O jour heu _ reux, ô su _ prê_me dé_
_li _ ce! Pour toi, Ber _ nard, quand la
voix du Sei _ gneur Te de_man_dant un en_
_tier sa_cri_fi_ce, Te dit: Viens,
viens, don_ne _ moi tout ton _ cœur.

REFRAIN.

O saint Bernard, je brû _ le de te

(*) Le recueil de cantiques *la Lyre du Garde d'honneur*, auquel est emprunté cette mélodie, se trouve au monastère de la Visitation de Bourg (Ain).

sui_vre, En _ traî_ne-moi sur les pas glo_ri_

_eux. Oui, pour Dieu seul dé_sormais je veux vi_vre,

Dieu seul, Dieu seul pour_ra com_bler mes vœux.

2. Ce fut au pied du divin tabernacle;
   Ton âme inquiète épanchait sa douleur ;
   Là tu compris tout le sens de l'oracle :
   Prenez mon joug, vous aurez le bonheur. (1)

3. Un calme pur, une paix ineffable
   Dès ce moment habita dans ton sein :
   Enfin le ciel à tes pleurs favorable
   Te révélait ton sublime destin.

4. Ainsi toujours, quand ton âme incertaine
   Flottait encor dans un doute anxieux,
   T'avait parlé la voix la plus sereine,
   Voix qui semblait venir jusque des cieux.

3

5. C'était Aleth, ta vigilante mère,
   Qui, s'inclinant du céleste séjour,
   Te murmurait dans le plus doux mystère :
   « Pour Dieu, mon fils, je t'ai donné le jour. » (2)

6. Monde trompeur, n'étale plus tes charmes,
   Ne vante plus tes honneurs, tes faux biens ;
   Tout inondé des plus heureuses larmes
   Bernard a dit : « A Dieu seul j'appartiens. »

7. Mais si Bernard jouit du bien suprême,
   Si vers Jésus il a pris son essor,
   Son noble cœur avec tous ceux qu'il aime
   Veut aussitôt partager son trésor.

8. A ses accents, du monde se séparent
   Des jeunes gens, des époux vertueux ;
   Au sacrifice ensemble ils se préparent,
   N'aspirant plus qu'au grand jour des adieux.

9. Ce jour a lui : saint Bernard et ses frères
   Sont inclinés sous la main d'un vieillard :
   C'est Tescelin dont les larmes amères
   De ses enfants suspendent le départ.

10. Mais Dieu triomphe, et bénis par leur père

   Les fils d'Aleth ont quitté ce séjour.

   Le vieux manoir va rester solitaire

   Et Tescelin le doit fuir à son tour.

(1) Allant un jour visiter ses frères qui se trouvaient avec le duc de Bourgogne, au siège du château de Grancey, Bernard comprit soudain la parole qu'il entendait depuis longtemps au fond de son cœur. ...*Prenez mon joug et vous trouverez le repos de vos âmes.* Entrant aussitôt dans une église devant laquelle il passait, il se prosterne au pied de l'autel et prie avec une grande abondance de larmes. Dès ce moment, sa résolution de se consacrer à Dieu est irrévocablement arrêtée. (Guil. a S. Theod. Vita 1ª, l. 1, c. 3, n. 9).

(2) La douce influence que la bienheureuse Aleth avait exercée sur Bernard pendant sa première jeunesse, se fit encore heureusement sentir, même lorsqu'elle l'eut quitté pour un monde meilleur. Souvent le cœur déchiré par de cruelles incertitudes, le jeune saint levait son regard vers le ciel, et alors il rencontrait le regard de sa mère, qui lui rendait le calme et fortifiait sa volonté : *Il lui semblait la voir,* dit Guillaume de Saint-Thierry, *se plaignant et lui rappelant qu'elle ne l'avait pas élevé avec une tendresse si particulière pour la vanité du monde, et qu'elle avait eu une autre espérance en le formant avec tant de soin.* (Vita 1ª, l. 1, c. 3, n. 9.)

N° **10.**

LE BONHEUR DU CLOITRE.

O beáta solitúdo, sola beatitúdo!
(S. Bern.)

M. l'abbé S. Morelot.

Andantino.

Dans sa re _ trai _ te so _ li _

_tai _ re Que saint Ber_nard é _ tait heu _ reux!

Loin de tous les bruits de la ter _ re Il sa _ vou_

_rait la paix des cieux. Dé _ li _ ci _

_euse et sain _ te vi _ e, Puissè _ je goû _ ter

la dou _ ceur! O saint Ber _ nard, com _ bien j'en_

_ vi _ e Et tes ver _ tus et ton bon_

_ heur, Et tes ver _ tus et ton bon_heur!

2. Au milieu d'un désert aride,
   Souffrant un dénûment cruel,
   Comme il trempait sa lèvre avide
   Dans le calice plein de fiel !
   Ce fut le charme de sa vie
   De porter la croix du Sauveur.
   O saint Bernard, combien j'envie
   Et tes vertus et ton bonheur ! (*bis*)

3. Du sein de sa chère vallée,
   Du fond de ses sombres forêts,
   Au ciel s'envolait sa pensée
   Pour en pénétrer les secrets.
   Alors son âme était ravie
   Des tendres bontés du Seigneur.
   O saint Bernard, combien j'envie
   Et tes vertus et ton bonheur ! (*bis*)

4. Près de lui les chœurs angéliques
   Descendaient du séjour divin (1);
   Il entendit leurs saints cantiques,
   De la patrie écho lointain.
   Aux sons de leur pure harmonie
   Quelle joie inondait son cœur !
   O saint Bernard, combien j'envie
   Et tes vertus et ton bonheur ! (*bis*)

5. On accourait à la demeure
   D'un moine pauvre et pénitent,
   Et l'on trouvait sa part meilleure
   Que le sort le plus opulent.
   Beaucoup abritaient là leur vie
   Fuyant le faste et la grandeur.
   O saint Bernard, combien j'envie
   Et tes vertus et ton bonheur ! (*bis*)

6. Guidés par le meilleur des pères,
   Unis par le plus tendre amour,
   Ensemble des amis, des frères
   Habitaient cet heureux séjour.
   Dans leur intimité bénie
   Quel charme suave, enchanteur !
   O saint Bernard, combien j'envie
   Et tes vertus et ton bonheur ! (*bis*)

7. Là, comme au sein d'un temple immense
   Rempli de la divinité,
   Régnait le plus profond silence,
   La plus douce sérénité.
   L'âme était vraiment affranchie,
   Rien n'entravait l'élan du cœur.
   O saint Bernard, combien j'envie
   Et tes vertus et ton bonheur ! (*bis*)

8. Solitude, aimable retraite,

Vers toi se portent mes désirs;

Oui, je le sens, mon âme est prête

A renoncer aux vains plaisirs,

Et désormais, vivante hostie,

Je veux m'immoler au Seigneur.

O saint Bernard, combien j'envie

Et tes vertus et ton bonheur ! (*bis*)

---

(1) Les annales de la mystique chrétienne renferment de fréquents exemples de cette sorte de rapports qui s'établissent dès ici-bas entre les saints et les esprits célestes. Il est incontestable que saint Bernard a eu ce privilège en partage. Dans les premières années de son séjour à Clairvaux, ayant été réveillé au milieu de la nuit par un délicieux concert de voix, il sortit de sa cellule et vit dans un lieu assez voisin, mais couvert de ronces et d'épines, deux chœurs disposés de côté et d'autre qui alternaient leurs chants pleins de la plus suave harmonie ; le saint abbé ne comprit le sens de cette vision que plusieurs années après, la chapelle du monastère ayant été édifiée précisément en cet endroit. (Guill. a S. Theod. Vita 1ª, l. 1, c. 7. n. 14). — Une autre nuit à Clairvaux, le saint assistant à l'office de matines, aperçut auprès de ses religieux des anges qui psalmodiaient et notaient en traits d'or, d'argent ou d'encre, les qualités et les défauts de chacun d'eux. — Dans une circonstance semblable, à peine la *Te Deum* avait-il été entonné, qu'il vit une foule d'anges resplendissants parcourir avec animation les rangs pressés des religieux pour exciter leur ferveur et encourager la bonne exécution du cantique. (Exord. magn. Cisterc., l. 8, c. 3 et 4.)

Nº 11.

L'ORACLE DU XIIe SIÈCLE.

Prophéta magnus surréxit in nobis.
(Luc, 7, 16.)

M. l'abbé S. Morelot.

Animato.

REFRAIN.

Grand Saint, de ton siè _ cle l'o _ ra _ cle, Puissant gé _ nie, a _ pôtre ins _ pi _ ré, Ber _ nard, quel su _ bli _ me spec _ ta _ cle: Tout re _ con _ naît ton pouvoir vé _ né _ ré! Du vice et de l'er _ reur tu bri _ ses l'in _ so _ len _ ce; Au _ souf _ fle de ton é _ lo _ quence, Dans tous les cœurs s'al _ lume _ un feu sa _ cré.

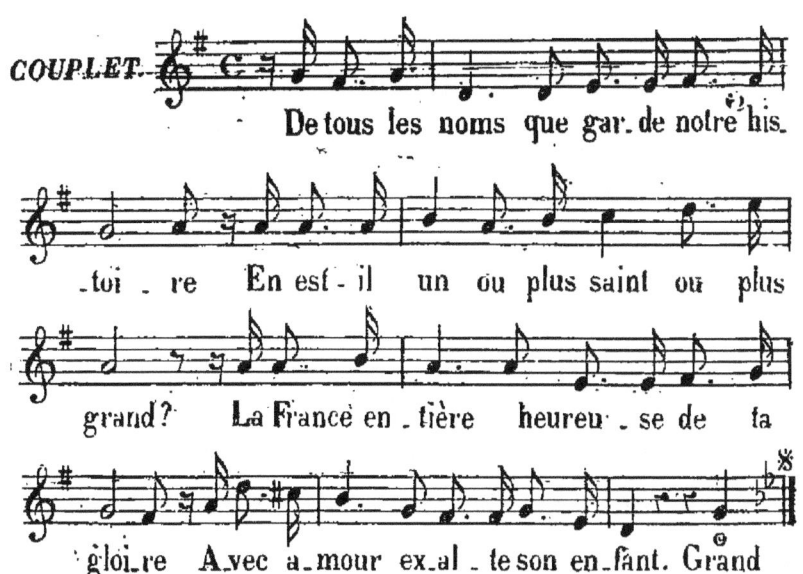

COUPLET. De tous les noms que gar- de notre his- toi- re En est- il un ou plus saint ou plus grand? La France en- tière heureu- se de ta gloi- re Avec a- mour ex- al- te son en- fant. Grand

2. Rome le sait, quand l'émeute sanglante
   Osait bannir ses Pontifes sacrés,
   C'était Bernard, c'était sa voix puissante
   Qui ralliait leurs sujets égarés.

3. L'amour du bien était sa loi suprême,
   Rien n'arrêtait les élans de son cœur ;
   Toute l'Europe et l'Orient lui-même
   Ont éprouvé sa généreuse ardeur.

4. Sur son époque il règne avec empire ;
   Prêtres et rois, guerriers, savants fameux,
   Inclinez-vous, sa main doit tout conduire.
   Que vois-je ? ô ciel ! spectacle merveilleux :

3.

5. Un moine, seul, guidant l'Eglise entière :
   Le Chef, formé par ses sages écrits (1) ;
   L'Episcopat marchant à sa lumière ;
   Tous les chrétiens par sa parole instruits.

6. La vérité par Bernard défendue
   Fait rayonner ses divines splendeurs ;
   A son aspect l'erreur est confondue
   Et voit tomber ses sophismes trompeurs (2).

7. Dans le désert, la vertu florissante
   A retrouvé son antique ferveur.
   Le monde voit la grâce triomphante
   Devant Bernard terrasser le pécheur (3).

8. Il a parlé : tout l'Occident se lève
   Et de la Croix arbore l'étendard.
   Louis, Conrad soudain ont ceint leur glaive,
   Vers les Lieux Saints on court de toute part.

9. Telle est, Seigneur, l'admirable puissance
   Dont votre main couronne vos élus.
   L'humanité tressaille à leur présence :
   Ils sont toujours sa gloire et son salut.

(1) Le pape Eugène III (1145). Ce Pontife, d'abord religieux à Clairvaux, avait été formé par saint Bernard, qui l'envoya en qualité d'abbé au monastère de Saint-Paul, aux Trois-Fontaines, près de Rome. C'est à Eugène III que saint Bernard adressa son fameux traité *De consideratióne* (1149-1153).

(2) Saint Bernard réfuta successivement les erreurs d'Abailard (1140), du moine apostat Henri (1147) et de Gilbert de la Porrée (1148).

(3) Une des plus éclatantes conversions qu'obtint le zèle de saint Bernard, fut sans contredit celle de Guillaume d'Aquitaine. Ce prince, aussi vicieux que puissant, avait jusqu'alors favorisé le schisme de tout son pouvoir et persécuté cruellement les évêques qui s'étaient soumis à l'obédience d'Innocent II. On sait par quel pathétique moyen, au milieu de la célébration des saints mystères, l'abbé de Clairvaux vainquit les dernières résistances de Guillaume. Saint Bernard en faisant de ce prince redouté un humble pénitent procura en même temps la paix à l'Eglise et à la couronne de France, le vaste duché d'Aquitaine (1136).

N° **12.**

LE DÉFENSEUR DE LA PAPAUTÉ.

In diébus suis corroboravit templum.
(Eccli , 50, 4.)

Moderato.

COUPLET.

Le Dieu Sau - veur fit présent à la ter - re D'u - ne cé - leste et sainte auto - ri - té, Comme un fo - yer d'amour et de lu - miè - re Il é - ta - blit l'au - guste Pa - pau - té.

REFRAIN.

Gloire à toi, Chaire su - prê - me, Où me par - le Dieu lui - mê - me! O toi qui fus son ap - pui, saint Doc - teur, Rends-moi tou -

-jours son ar-dent dé-fen-seur, Rends-moi tou-

-jours son ar-dent dé-fen-seur.

2. Deux fois, Bernard, ton siècle vit l'impie
   Loin du troupeau chasser le vrai Pasteur;
   Deux fois aussi ta parole bénie
   Des révoltés désarma la fureur (1).

3. De ce Saint-Siége et la force et l'égide,
   Au monde entier tu rappelais ses droits,
   Et tu savais, défenseur intrépide,
   Mettre à ses pieds les peuples et les rois.

4. Quand tu rentrais dans ta chère vallée
   Laissant le Pape heureux dans ses Etats,
   Sur ton chemin, l'Eglise consolée
   Te saluait de glorieux vivats.

5. Viens, viens encore, ô courageux athlète,
   Nous soutenir dans nos nouveaux combats;
   Lorsque sur nous éclate la tempête
   Que le Pilote ait l'appui de ton bras.

6. Inspire à tous ce dévoûment fidèle
   Que tu montras pour le Pontife-Roi,
   Et puissions-nous, héritiers de ton zèle,
   En ses malheurs l'assister comme toi !

(1) Les Souverains Pontifes Innocent II et Eugène III durent l'un et l'autre le triomphe de leurs droits méconnus et leur retour à Rome, à l'influence et aux efforts dévoués de saint Bernard. Ce fut en faveur d'Eugène III que l'abbé de Clairvaux écrivit aux Romains, excités par les doctrines d'Arnaud de Brescia, une lettre admirable de force et de charité (Ep. 243), qui les ramena à l'entière obéissance du Saint-Siège.

N° 13.

LE DOCTEUR DE L'ÉGLISE.

Ipse tamquam imbres mittet
elóquia sapiéntiæ suæ.
(*Eccli.*, 39, 9.)

Tempo di Marcia.

COUPLET.

No . ble vain.queur de l'altière hé . ré .

. si . e, . Doc . teur sa . cré de

la Nou . vel . le Loi, Con . tre l'er .

.reur pro . tè . ge ta pa . tri . e.

REFRAIN.

O 'saint Ber . nard, ô saint Ber .

. nard, gar . de . nous no . tre Foi,

O saint Ber . nard, ô saint Ber .

.nard gar . de . nous no . tre Foi.

2. Astre brillant, redoutant ta lumière
   La sombre nuit s'enfuyait loin de toi ;
   Rayonne encor de ce doux sanctuaire,
   O saint Bernard, garde-nous notre Foi.

3. De la sagesse ô vénérable organe,
   Voix du Seigneur, hérault du divin Roi,
   Redresse encor la science profane ;
   O saint Bernard, garde-nous notre Foi.

4. Les attentats des enfants du blasphème
   Nous ont remplis de douleur et d'effroi :
   Ils ont voulu détrôner Dieu lui-même ;
   O saint Bernard, garde-nous notre Foi.

5. Mais nous saurons tromper leurs espérances ;
   Tous nous jurons de défendre avec toi
   Nos dogmes saints, nos antiques croyances ;
   O saint Bernard, garde-nous notre Foi.

6. Pour raffermir les chancelants courages,
   Nous accourons sans crainte, tu le voi,
   Honorer Dieu par de publics hommages ;
   O saint Bernard, garde-nous notre Foi.

7. Que du Seigneur bientôt le règne arrive,
   Qu'il soit aimé, qu'à sa divine Loi
   Toute la terre enfin soit attentive ;
   O saint Bernard, garde-nous notre Foi.

N° 14.

L'INTERPRÈTE DU CANTIQUE DES CANTIQUES

Mel et lac sub lingua tua.
(*Cant.*, 4, 11.)

Moderato.

COUPLET.

Dieu de bon _ té, com _ bien _ vous ai _ mez

l'homme! Oui, vous brû _ lez de vous u _ nir à

nous; Il faut, il faut que toute âme vous nomme

Son a _ mi tendre et son royal E _ poux.

REFRAIN.

O saint Bernard, a _ mi fi _ dè _ le

Du Dieu qui m'of _ fre son a _ mour, Que ton ar _

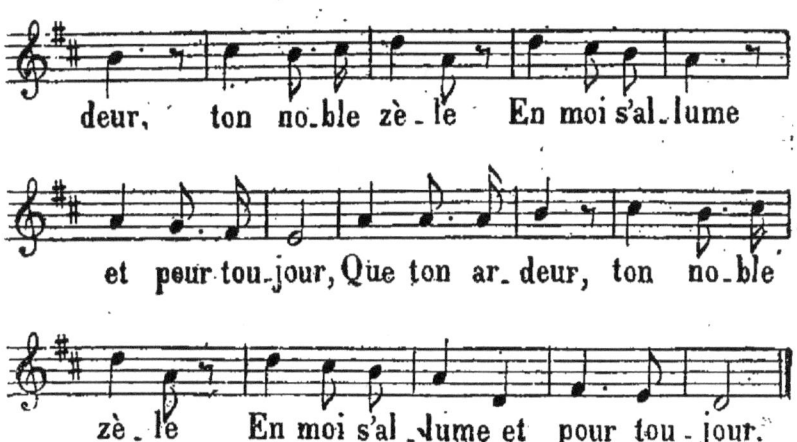

deur, ton no-ble zè-le En moi s'al-lume

et pour tou-jour, Que ton ar-deur, ton no-ble

zè-le En moi s'al-lume et pour tou-jour.

2. Fleur du désert, Jésus avec délice
    Penchait son front sur ton sein embaumé;
    Mais moi, flétri, qu'ai-je dans mon calice
    Dont son amour pourrait être charmé?

3. Tu ressemblais à l'olivier fertile
    Et tu donnais de doux fruits au Seigneur;
    Mais mon image est le figuier stérile,
    Que puis-je hélas! offrir à mon Sauveur?

4. Ah! pour toi seul ses divines caresses,
    Pour toi son Cœur, ses intimes secrets....
    Non, un pécheur connaîtra ses tendresses,
    A m'accueillir ses bras sont toujours prêts!

5. Liens sacrés ! adorables mystères !

    O saint Bernard, tu les sus dévoiler ; (1)

    Viens, parle-moi, comme à tes heureux frères,

    Que je m'enflamme en t'écoutant parler !

6. Elles sont là, ces pages éloquentes

    Où tu versas ton génie et ton cœur :

    Rayon de miel aux saveurs enivrantes,

    Lait doux et pur qui nourrit la ferveur.

7. Elles sont là : j'y puiserai sans cesse

    L'amour d'un Dieu victime de l'amour ;

    Oui, pour jamais sa charité me presse,

    Je l'aimerai, je l'aimerai toujour.

8. Vienne bientôt cette heure désirée

    Où, s'envolant dans le céleste Eden,

    Mon âme, enfin de l'exil délivrée,

    Consommera son ineffable Hymen.

---

(1) Les quatre-vingt-cinq homélies de saint Bernard sur le *Cantique des Cantiques*, instructions familières adressées de 1135 à 1148 aux religieux de Clairvaux, sont un véritable traité de la vie ascétique. « Tout ce que les autres œuvres du grand Docteur renferment de puissance pour corriger les mœurs et exciter la piété, « dit Mabillon, se rencontre au plus haut degré dans les interpré-

« tations du Cantique des Cantiques; les mystères les plus cachés
« de la vie parfaite sont en quelque sorte dépouillés des figures et
« des allégories qui les enveloppent ; ils revêtent, grâce à la parole
« de saint Bernard, une forme aussi agréable que saisissante qui
« permet aux âmes pieuses d'en faire leurs plus chastes délices. »
(Mabill. Præf. Serm. in Cant. Canticor). Faut-il rappeler que
l'Ange de l'Ecole, saint Thomas d'Aquin, sollicité par les religieux
du monastère de Fossa Nuova de continuer ce magnifique travail,
leur répondit : « Donnez-moi l'âme de Bernard et je terminerai son
« œuvre », tant il désespérait de pouvoir jamais égaler la douce
piété du saint abbé de Clairvoux.

N° 15.

LE GRAND THAUMATURGE.

Opera quæ ego fácio et ipse fáciet
et majóra horum fáciet.

(Joan , 14, 12.)

M. l'abbé Charton (*).

COUPLET.

E _ cou _ tez   l'ar _ den _ te   pri _

_ è _ re, Les   cris   qui s'é _ lè _ vent vers

vous . Du sein de   vo _ tre sanc _ tu _ ai _ re;

O puissant Protecteur, priez, priez pour nous.

REFRAIN.

O puissant Protecteur, priez, priez pour

(*) M. l'abbé Ch. Charton a été professeur de musique au Petit Séminaire de Plombières-lès-Dijon ; il est mort curé de Courban (Côte-d'Or), en 1871.

nous; prí - ez, pri - ez — pour nous.

2. Devant des foules innombrables,
   Bernard, s'accomplirent par vous
   Mille prodiges admirables (1);
O puissant Protecteur, priez, priez pour nous.

3. A vos lois tout était docile,
   Et Dieu renouvelait pour vous
   Les merveilles de l'Evangile;
O puissant Protecteur, priez, priez pour nous.

4. L'infortune avec la souffrance
   Se prosternaient à vos genoux
   Et recevaient leur délivrance;
O puissant Protecteur, priez, priez pour nous.

5. Le pécheur hautain et perfide
   A vos pieds devenait plus doux
   Que l'enfance simple et timide;
O puissant Protecteur, priez, priez pour nous.

6. L'ennemi de toute innocence,
   Satan, si fier et si jaloux,
   S'enfuyait à votre présence ;
O puissant Protecteur, priez, priez pour nous.

7. Vous rendiez les moissons fertiles,
   Et des éléments en courroux
   Les fureurs tombaient inutiles ;
O puissant Protecteur, priez, priez pour nous.

8. Du tombeau rouvrant les abîmes
   La mort se soumettait à vous,
   Vous lui ravissiez ses victimes ;
O puissant Protecteur, priez, priez pour nous.

9. Dans vos mains Dieu mit sa puissance ;
   Son cœur va nous bénir par vous ;
   Exaucez notre confiance ,
O puissant Protecteur, priez, priez pour nous.

---

(1) « L'abbé de Clairvaux, dit Baronius dans ses *Annales*, mani-
« festa partout la lumière de son apostolat par des miracles tels
« qu'on ne saurait le mettre au-dessous des plus grands apôtres. »
— Le cardinal Bellarmin remarque que saint Bernard a fait plus
de miracles qu'aucun saint dont la vie a été écrite. (Contr., t. 2,
liv. 4.) On compte en effet par centaines les malades et les infirmes
de corps et d'âme que saint Bernard a miraculeusement guéris ; des
livres entiers sont consacrés à relater ces prodiges, attestés par les

témoignages les plus irréfutables ; nous ne saurions entreprendre de faire la nomenclature de tous ces miracles, mais on nous saura gré de dire que le saint abbé rappela trois morts à la vie : un homme impie de Fribourg en Brisgaw. qui après l'avoir insulté cruellement était tombé et s'était brisé le crâne (Exord. magn. Cisterc., 1. 7. c. 19) ; un enfant qui s'était noyé dans la Loire au moment du passage du saint (Acta Boll. t. 4. § 49, n. 521) et une femme du voisinage de Clairvaux (Manrique, Ann. cisterc. an. 1149, c. 5. n. 3). Aussi le savant auteur des Annales cisterciennes appliquant à saint Bernard l'éloge que le Bréviaire romain décerne à saint Martin, le nomme-t-il *Trium mortuórum suscitátor magníficus* (Manrique, loco cit.).

N° **16**.

LE SERVITEUR DE MARIE.

Sicut qui thesáurizat, ita et qui honorífcat
matrem suam.   (*Eccli.*, 3, 5.)

M. l'abbé Piellard.

COUPLET. Moderato.

Quel est cet en _ fant que Ma _

_ ri _ e En _ vi _ ron _ ne de tant d'a _ mour, Vers

qui, sou _ ri _ ante et ra _ vi _ e, On la

voit s'incliner tou _ jour? Do _ cile aux le _ cons de sa

mè _ re, Or _ né de tou _ tes les ver _

_ tus,   Il   re _ trace une i _ ma _ ge

chè _ re, L'i _ ma _ ge du di _ vin Jé _

_ sus., L'i _ ma _ ge du di _ vin Jé _ sus.

REFRAIN. Vers la Rei _ ne des an _ ges Viens

gui _ der nos pha _ lan _ ges, O toi son Ser _ vi _

_ teur; Sur nos fronts mets toi _ mê _ me Les

lis, les fleurs qu'elle ai _ me, Mets son a _ mour dans no _ tre

cœur, Mets son a _ mour dans no _ tre cœur.

2. Sa vie était à son aurore :
La Vierge apparaît à ses yeux,
Dans ses bras il voit, il adore
Le Sauveur, enfant radieux.

4

Dès lors en son âme s'allume
Ce feu, cet amour immortel
Dont la noble ardeur le consume
Pour l'auguste Reine du ciel (*bis*).

3. Auprès d'une mère chérie
Dont il est aimé tendrement,
Bernard chaque jour apprécie
Son admirable dévouement.
L'exemple d'Aleth lui révèle
Quel est dans sa sublimité
L'amour de la Vierge immortelle,
Quelle est son immense bonté (*bis*).

4. Mais bientôt un sombre nuage
Voile hélas! l'azur de ses yeux :
Aleth du terrestre rivage
Prend l'essor et s'envole aux cieux.
Laissé sur la rive étrangère
Qui va consoler sa douleur ?
La Vierge, la divine Mère
Est son recours dans le malheur (*bis*).

5. O Vierge, si votre tendresse
Tend les bras au jeune orphelin,
Lui-même il se montre sans cesse
Jaloux de mériter ce soin.
Par sa pureté virginale,
Son humilité, sa ferveur,
Par sa piété filiale
Toujours il charme votre cœur (*bis*).

6. Aleth et la Vierge Marie
   Ont conduit Bernard au désert ;
   Bientôt sa vertu, son génie
   Sont célèbres dans l'univers.
   Partout sa parole éloquente
   Aime à publier les bienfaits,
   L'amour de la Reine clémente
   Qu'en vain l'on n'invoquà jamais (*bis*).

7. O Vierge, comme il vous honore !
   Quelle ardeur pour vous faire aimer !
   Du feu qui pour vous le dévore
   Son zèle veut tout enflammer.
   Jamais une parole humaine,
   Jamais un de vos serviteurs
   Ne sut, aimable Souveraine,
   Nous retracer mieux vos grandeurs (*bis*).

8. Heureux le chrétien qui s'engage
   Sous vos lois, Reine des élus !
   Pour lui votre amour est le gage
   De l'innocence et du salut.
   Puissions-nous, divine Marie,
   Comme saint Bernard vous servir !
   Daignez, Mère tendre et chérie,
   Daignez comme lui nous bénir (*bis*).

N° 17,

SAINT BERNARD AU CIEL.

Glória et honóre coronásti cum.
(Ps., 8, 6.)

Swissig.

COUPLET.

Moderato.

L'heure a son_né de quitter cet_te ter_re, Comme un flambeau Bernard s'est con_su_me; Il a par_tout fait briller sa lu_mie_re, De ses vertus le monde est embau_mé.

REFRAIN.

Ouvrez vos rangs, ô céles_tes pha_lan_ges, Voici Ber_nard, voi_ci le saint Doc_

-teur. De vo-tre main daignez, Rei-ne dès an-ges, Le couron-ner et de gloire et d'hon-neur, De vo-tre -neur.

2. Environnant sa dépouille sacrée
   Dans la stupeur, immobile, sans voix,
   On vit alors sa famille éplorée
   Le contempler une dernière fois.

3. Oui, le trépas, lui, qui vient tout détruire,
   A de son sceau fermé sa bouche d'or;
   Ses traits empreints d'un céleste sourire
   Seuls désormais peuvent parler encor.

4. Lève les yeux, ô famille orpheline,
   L'heureux Bernard va s'unir à Jésus;
   Vois-le briller d'une splendeur divine
   Et prendre place au milieu des élus.

5. Apôtres saints, recevez votre frère ;
   Recevez-le, saints Martyrs, saints Docteurs ;
   Vous, fleurs des cieux écloses sur la terre,
   Vierges, venez ; venez, saints Confesseurs.

6. Oui, sur son front, ô Reine, ô tendre Mère,
   Placez, placez un diadème d'or ;
   En vous chantant sur la rive étrangère
   Vers la patrie il a pris son essor.

7. Il apparaît quand le ciel fait mémoire
   De votre entrée en ses parvis sacrés ;
   Aux chœurs des saints, pour fêter votre gloire,
   Il vient unir ses accents inspirés (1).

8. Vous l'inondez d'un torrent de délices ;
   Vous l'enivrez, Seigneur, de votre amour ;
   Il a le prix de tous ses sacrifices.
   Ah ! près de lui conduisez-nous un jour.

9. O saint Bernard, des tranquilles rivages
   Où tu jouis du bonheur éternel,
   Assiste-nous au milieu des orages
   Et des périls de ce séjour mortel.

(1) Saint Bernard mourut le 20 août 1153 à 9 heures du matin; c'était le sixième jour de l'octave de l'Assomption. Dieu semblait vouloir associer ainsi le saint abbé au triomphe de Celle dont il avait été sur la terre le plus dévot serviteur. — Une hymne très-ancienne : *Jam Regina discubuit,* que l'on trouvera plus loin parmi les chants latins de ce recueil, célèbre cette coïncidence; on y sent le souffle de la vraie poésie chrétienne.

N° **18.**

LA FAMILLE DE SAINT BERNARD.

Hæc est generátio quæréntium ... fáciem Dei.
(Ps., 23, 6.)

M. l'abbé Piellard.

COUPLET. Eh! d'où te vient ce bon-heur, ô Fon-tai-ne, Que ta col-line ait autrefois por-té Cet-te Mai-son si noble et si chré-tienne Dont l'héro-isme est au loin ex-al-té ?

REFRAIN. Honneur à vous, ô Fa-mille immor-tel-le, Hô-tes bé-nis de ce ri-ant sé-

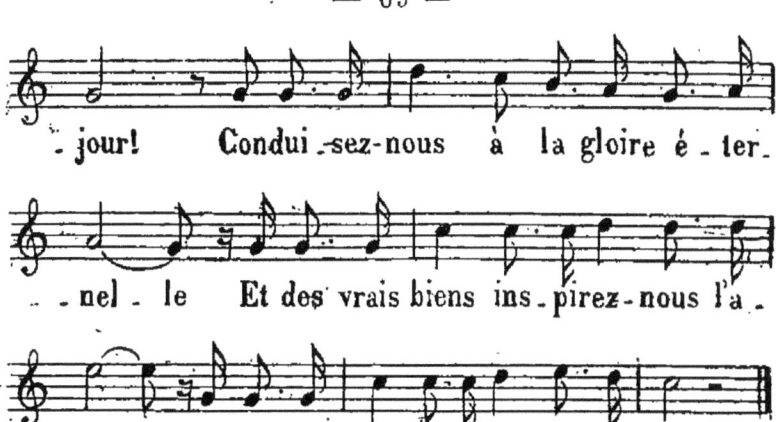

jour! Condui-sez-nous à la gloire é-ter-

-nel-le Et des vrais biens ins-pirez-nous l'a-

-mour, Et des vrais biens inspirez-nous l'a-mour.

2. Pieuse Aleth, ô bienheureuse mère !
C'est pour le ciel que naissent vos enfants;
De la vertu leur ouvrant la carrière ,
Vous stimulez leurs généreux élans.

3. Bernard surtout, Bernard qu'un saint présage
Vous a marqué du signe des élus (1),
Entre vos mains et dès son plus jeune âge
Brille déjà d'admirables vertus.

4. Pourquoi faut-il, vous, leur ange et leur guide,
Sitôt, hélas! disparaître à leurs yeux?
N'ont-ils donc plus besoin de votre égide?
Pourquoi sitôt vous envoler aux cieux?

5. Mais du séjour des splendeurs immortelles
Votre œil suivra les pas de vos enfants;
Vainqueurs du monde à l'ombre de vos ailes,
Tous au désert ils iront triomphants (2).

6. Illustre chef d'une Maison bénie,
O Tescelin, loué soit votre nom !
Quel deuil cruel s'impose à votre vie :
De tous vos fils vous souffrez l'abandon !

7. Mais à la fin, brûlant d'un même zèle,
   Au cloître aussi vous accourez heureux,
   Et lorsque Dieu dans son sein vous rappelle,
   Bernard est là pour vous fermer les yeux.

8. Sublime effet de la faveur divine !
   Sur les autels, près de vous, ô Bernard,
   Je vois monter Nivard, sainte Hombeline,
   Et ce fidèle et tant pleuré Gérard (3).

9. Et vous, l'aîné de ces généreux frères,
   Humble Guido ; vous, valeureux André,
   Barthélemy, de vos vertus austères
   Le souvenir fut toujours célèbré.

10. Tous ont reçu la juste récompense
    De leurs travaux, de leur fidélité,
    Ivres sans fin de l'aimable présence
    Du Dieu qui fait notre félicité.

11. Et c'est ainsi qu'une pieuse mère
    Procure aux siens la gloire et le bonheur,
    Lorsqu'avec soin, dès l'enfance première,
    Elle a semé la vertu dans leur cœur.

12. Et c'est ainsi que l'amitié d'un frère
    Ardent pour Dieu, pour ses frères zélé,
    Sait les guider, sous sa main tutélaire,
    Au terme heureux par nos vœux appelé.

13. Instruisez-vous, ô familles chrétiennes,
    En méditant les exemples des saints ;
    Suivez leur trace et des vertus anciennes
    Prenez encor les glorieux chemins.

(1) « Aleth étant enceinte de saint Bernard, vit en songe qu'elle
« portait en son sein un petit chien blanc qui avait une tache rouge
« sur le dos et qui aboyait. Ayant consulté un bon serviteur de
« Dieu là-dessus, elle sut de lui que cet enfant serait un grand
« prédicateur, qui, comme un chien fidèle, crierait hautement
« contre les ennemis de la foi, pour conserver la maison de Dieu qui
« est son Église, et qui, par sa langue médicinale, guérirait les
« ulcères de plusieurs âmes. » (Ribadeneira, d'après tous les biographes du saint.) Saint Bernard dit de lui-même, ep. 78, n. 7 :
« *Malis audâcter, quum vidimus, oblatrávimus;* » et ep. 230 : « *De-
mónstro lupum, instigo canes.* » (Voir aussi touchant l'interprétation
de ce songe : Gaufrid., Abb. Clarevall. IV : Sermo de S. Bernárdo.
p. 17.)

(2) L'influence que la bienheureuse Aleth exerça, même après sa
mort, sur les généreuses résolutions de ses enfants ne saurait être
contestée ; tous les biographes de saint Bernard en font foi : « Cette
« sainte femme, dit Jean l'Ermite (Vita 4ᵃ, I, 1, n. 8), apparut à
« Bernard au moment où il s'occupait de la grande affaire de la
« conversion de ses frères, et elle lui dit : « *Mon fils, ne craignez*
« *rien, agissez courageusement, et terminez ce que vous venez de*
« *commencer, car c'est l'œuvre même de Dieu, pour laquelle la postérité*
« *vous appellera bienheureux; pour moi, je vous attends dans la*
« *gloire du ciel.* » Vers la même époque, un jour que saint Bernard
déplorait devant son frère André, nouvellement armé chevalier,
l'aveuglement des hommes qui méconnaissent la véritable gloire,
André s'écria tout à coup : « *Je vois ma mère.* » Aleth s'était en
effet montrée à lui sereine et souriante, félicitant ses enfants du
projet dont ils s'entretenaient. Ce jour-là André fut vaincu et de
soldat du siècle devint soldat de Jésus-Christ. (Guill. a S. Thead.
Vita 1ᵃ, l. 1, c. 3, n. 10).

(3) Le martyrologe cistercien, publié à Rome avec l'approbation
de la S. Congrégation des Rites, fait mention de Gérard à la date
du 30 janvier, et de Humbeline à celle du 12 février, en leur attri-
buant le titre de *saints*. — Le Ménologe de Citeaux, rédigé par
Chrysostôme Henriquez, ouvrage fort savant et d'une haute autorité,
inscrit Barthélemy au 9 décembre avec le titre de *saint* ; Nivard
au 7 février, André au 5 avril et Guy ou Guido au 5 mai, ces trois
derniers avec le titre de *bienheureux*. Il en est de même pour Tescelin leur père (23 mai).

Tout le monde connaît la touchante oraison funèbre prononcée
par saint Bernard devant ses religieux de Clairvaux à l'occasion
de la mort de son frère Gérard. (In Cant. Cantic., Sermo, 26.)

N° 19.

PRIÈRE A SAINT BERNARD POUR LA FRANCE.

Pro pópulo deprecátus est et plaga cessávit.
(Num., 46, 48.)

M. Régnier (*Echos de Massabielle*

REFRAIN. O saint Ber_nard, ô toi notre espé_
_ran_ce, Prê_te l'o_reille à nos ac_
_cents; Nous te pri_ons pour notre chè_re
Fran_ce, Exau_ce nos vœux sup_pli_ants.

Lento espress.

COUPLET. A_vec a_mour sur ta no_ble pa_
_tri_e Du haut des cieux veil_le ton ten_dre
cœur; Saint Pro'tec_teur, sous ta gar_de ché_
_ri_e, Que ton pays recouvre sa grandeur. R. O saint Ber_

2. Servir le Christ, défendre son Eglise
Fut le secret de nos prospérités ;
Rappelle-nous cette sainte devise
Dont l'abandon fit nos calamités.

3. Délivre-nous d'une fausse science
Qui méconnaît l'Arbitre des humains,
De cet esprit de folle indépendance
N'aspirant plus qu'à rompre tous les freins.

4. Des jours sacrés observateur fidèle,
Qu'au temple saint le chrétien désormais
Aime à venir, rempli d'un nouveau zèle,
Solliciter les célestes bienfaits.

5. Eh ! quoi ! toujours l'audacieux blasphème
Bravera-t-il la colère du ciel ?
Pénètre-nous de ce respect suprême
Que l'homme doit au nom de l'Eternel.

6. Reverrons-nous ces luttes inhumaines
Où contre un frère un frère osa s'armer ?
Toi, dont la voix apaisa tant de haines,
Incline encor les cœurs à s'entr'aimer.

7. Préserve-nous des horreurs de la guerre ;
Loin, loin de nous, ce spectacle effrayant !
Que sur ce sol aucune arme étrangère
Ne vienne plus répandre notre sang.

8. Mais si jamais ce fléau redoutable
Vient à sévir encor malgré nos vœux,
A nos combats rends le ciel favorable,
Saint Protecteur, rends-nous victorieux (1).

(1) Louis XIV, au comble de la prospérité donnait à saint Bernard le titre de « *Protecteur de sa couronne* » et reconnaissait lui devoir la victoire de Lens, remportée le jour de sa fête, 20 août 1648. (Lettres patentes du 20 décembre 1652.)

N° 20.

LES LEÇONS DU SAINT DOCTEUR.

Causa diligéndi Deum, Deus est; modus,
sine modo diligere.
(S. Bern. Tract. de Amóre Dei, cap. 1.)

Le Frère Pacôme.

COUPLET. **Andantino.**

Grand Saint, par votre é.lo _ quen.ce

Digne. in _ ter _ prè _ te des cieux,

En _ seignez _ nous la sci _ en ce

Qui doit ren.dre l'homme heu _ reux. Nour _

_ris de vo _ tre pa _ ro _ le, En _ flam_

_més de votre ar _ deur, Que de saints à votre é.

_co _ le Sont ve _ nus for. mer leur cœur!

REFRAIN.

O Lu - miè - re de l'E - gli - se, Tendre et su - bli - me Doc - teur, Que vo - tre voix nous con - dui - se Dans les sen - tiers du Sei - gneur, Que vo - tre voix nous con - dui - se Dans les sen - tiers du Sei - gneur.

2. Pourquoi des nuages sombres
Voilent-ils notre regard ?
La vérité sous ces ombres
Semble nous fuir, ô Bernard.
— « Le ciel dans un onde pure
« Fait pénétrer sa clarté ;
« Dans une âme sans souillure
« Resplendit la vérité (1). »

3. Mais sur un sol plein de fanges
   Comment n'être pas souillés ?
   Avons-nous l'aile des anges
   Pour l'effleurer de nos pieds?
   — « Aimez, aimez sans réserve
   « Dieu, l'éternelle Beauté ;
   « Celui qui l'aime conserve
   « L'angélique pureté. »

4. Le monde, hélas! nous attire
   Par un appât séducteur ;
   A son tyrannique empire
   N'échappe point notre cœur.
   — « Rompez ces attaches vaines,
   « Secouez un joug honteux;
   « Devez-vous porter des chaînes
   « Vous, nobles enfants des cieux ? »

5. Il n'est donc rien qui mérite
   De captiver notre amour,
   De tous ces biens que l'on quitte
   Pour jamais au dernier jour.
   — « Non, Dieu nous fit pour lui-même ;
   « L'homme qui veut accomplir
   « Du ciel le dessein suprême
   « Au Créateur doit s'unir.

(1) « Saint Bernard, comme tous les écrivains ascétiques, fonde
« la science sur l'amour, et cherche à initier l'homme aux mystères
« de l'éternelle vérité, bien moins par les spéculations abstraites
« de la raison humaine, que par la pureté du cœur et la pratique
« des vertus.... Il établit que la pureté de l'âme, condition de la
« science pure, est en raison de l'amour des choses divines ;
« comme l'impureté de l'âme, cause de toute erreur, est en raison
« de l'amour des choses terrestres et charnelles. » (Ratisbonne,
Hist. de S. Bernard, 4ᵐᵉ époque, ch. VI.) Le saint docteur pro-
clame sage, et, par conséquent, véritablement heureux, l'homme qui
n'estime les choses de la terre qu'en vue de l'éternité, qui aime
Dieu de tout son cœur et n'aime rien qu'en lui, et selon lui, qui,
en un mot, réalise de tout son pouvoir cette auguste alliance de la
créature avec son Créateur, dernier terme des desseins de Dieu
lui-même.

N° **21.**

SENTIMENTS DE CONFIANCE.

Protéctor meus, et in ipso sperávi.
(Ps. 143, 2.)

M. l'abbé S. Merelot.

Animato.

COUPLET.

Grand Saint, toi dont la nais_sance A con_

_sa_cré ce sé _ jour, Nous in _ voquons ta puis_

_san_ce, Nous im _ plo _ rons ton a _ mour.

REFRAIN.

En _ tends notre hum_ble pri _

_ è _ re, O fi _ dè _ le Pro _ tec _

_ teur; Sur _ nous, dans ton sanc _ tu _

_ aï _ re, Fais des _ cen _ dre ta fa _

_veur, Fais des _ cen _ dre ta fa _ veur.

2. De notre âme confiante
    Exauce les vœux ardents,
    Etends ta main bienfaisante,
    Comble-nous de tes présents.

3. Nous entourons ta mémoire
    Des plus fidèles honneurs,
    Et dans nos hymnes de gloire
    Nous exaltons tes grandeurs.

4. Nous voulons te rendre hommage
    En imitant tes vertus,
    Etre comme toi l'image
    De Marie et de Jésus.

5. Ainsi nous saurons te plaire,
    Nous assurer tes bienfaits.
    Oh! oui sois pour nous un père,
    Ne nous délaisse jamais.

N° 22.

INVOCATION A SAINT BERNARD.

In conspéctu Altíssimi deprecábitur.
(Eccli. 39, 6.)

COUPLET. Andante.

Sous le poids de nos mi_sères C'est en vous, ô saint Doc_teur, Qu'à l'ex_emple de nos pè_res Nous cher_chons un Pro_tec_teur.

REFRAIN. Nous ve_nons pleins d'es_pé_ran_ce Nous je_ter à vos ge_noux; Ah! soy_ez notre as_sis_tan_ce, Saint Ber_nard, pri_ez pour

nous, Ah! soy _ ez notre as _ sis _ tance, Saint Ber _ nard, pri _ ez pour nous.

2. Près de Jésus, de Marie,
   Sur un trône glorieux,
   Dans la céleste patrie
   Le bonheur comble vos vœux.

3. Un Dieu, la Beauté suprême,
   L'éternelle Vérité,
   A vos yeux paraît lui-même
   Dans sa splendide clarté.

4. Avec les saintes phalanges
   Votre voix chante toujours
   La Vierge Reine des anges,
   Tendre objet de vos amours.

5. Sur les rives étrangères
   Où nous sommes exilés,
   Hélas! de larmes amères
   Nos yeux sont souvent voilés.

6. Pour sécher toutes nos larmes,
   Vous nommez à notre cœur
   Une Mère dont les charmes
   Consolent notre douleur.

7. Elle est la brillante Etoile
   Qui nous sauve de la mort,
   Elle guide notre voile
   Et lui fait trouver le port.

8. Nous levons les yeux vers Elle,
   Nous l'invoquons tous les jours;
   De sa bonté maternelle
   Nous espérons le secours.

9. Mais la Vierge immaculée
   Entendra mieux ses enfants,
   Si votre voix bien-aimée
   Vient s'unir à nos accents.

10. Invoquez donc sa tendresse
    Avec nous, pieux Bernard;
    Pour notre âme pécheresse
    Implorez son doux regard.

11. La source de toute peine,
    La cause de tout péril
    C'est le péché, triste chaîne
    Que nous traînons dans l'exil.

12. O vous, ange d'innocence,
    Aimé, chéri du Seigneur,
    Obtenez-nous sa clémence,
    Un cœur pur et la ferveur.

13. Riches des biens de la grâce,
    Puissions-nous tous désormais
    Suivre votre aimable trace
    Et ne la quitter jamais.

14. Enfin qu'un jour Dieu nous donne,
    Dans l'heureuse éternité,
    Comme à vous une couronne
    Prix de la fidélité.

LA

CROISADE NOUVELLE.

Cruces, cruces!
(Odo de Diog.)

N° **23.**

LA LIGUE SAINTE.

Sint unum.
(Jo. 17, 22.)

COUPLET.

Satan di_sait dans sa folle ar_ro_
_gan_ce: L'E_gli_se meurt, le Pape est dans les
fers; Du Christ en_fin j'ai brisé la puis_
san_ce Et me voi_ci maî_tre de l'u_ni_
_vers. Vai_nes cla_meurs! Si_on est im_mor_
_tel_le, Le Tout-Puis_sant sur elle é_tend son
bras, A son E_glise il est toujours fi_
_dè_le, Ô noir en_fer, tu ne prévaudras pas.

REFRAIN. Ve-nez, chré-tiens, former la Li-gue sain-te, Ac-courez tous, ac-cou-rez tous. Devant Sa-tan tremble-riez-vous de crainte? U-nissons-nous, u-nis-sons-nous.

2. Unissons-nous pour défendre la gloire
   De notre Dieu trop longtemps blasphémé ;
   De ses bienfaits ravivons la mémoire ;
   Qu'un Dieu si bon triomphe et soit aimé !
   Heureux le peuple instruit de l'Evangile,
   Basant ses lois sur ce livre sacré !
   Il défiera dans sa marche tranquille
   Tout l'univers contre lui conjuré.

3. Unissons-nous pour ramener nos frères
   A ces autels qu'ils ont abandonnés,
   Séduits, hélas ! par des biens éphémères,
   Par des plaisirs honteux, empoisonnés.
   Ah ! puissent-ils, attendris par nos larmes,
   Du Christ enfin reconnaître les droits
   Si pour les vaincre il faut courir aux armes,
   Enfants d'amour, notre arme c'est la Croix !

N° **24.**

LA CROISADE.

In cruce salus.
(De Imit. Christi, l. II, cap. 12.)

Mme la Ctesse de Varax.

REFRAIN.

Oui, par la Croix sauvons la Fran _ ce, C'est no _ tre force et notre es _ poir; El _ le pro _ met la dé _ li _ vran _ ce; Nous en ar _ mer est un de _ voir.

COUPLET.

Moderato.

A la foule enthousias_mée, A deux grands rois,(1) ô saint Bernard, Ja _ dis ta pa_role enflam_mé_e Donna la Croix pour é_ten_dard. Dans notre France défail_lan_te Fais reten_tir encor ta voix, Ra _ ni_me no_tre foi mou_ran_te, Fais nous aussi prendre la Croix. Oui, par la

2. Oui, Dieu le veut! oui, sa Croix sainte
   Doit marquer les cœurs généreux;
   Portons, chrétiens, portons sans crainte
   Un emblème si glorieux.
   Signe sacré de la victoire,
   Gage d'amour d'un Dieu Sauveur,
   O Croix auguste, notre gloire,
   Viens, viens briller sur notre cœur.

3. Noble Croix, éloquent symbole,
   Relève les cœurs abattus ;
   Fais-nous aimer cette parole
   Que nous adresse à tous Jésus :
   « O vous qui désirez me suivre,
   « O disciples d'un Dieu martyr,
   « Comme le Maître il vous faut vivre,
   « Portez ma Croix, sachez souffrir. »

4. Heureux qui goûte le mystère
   De votre Croix, Dieu rédempteur,
   Qui savoure sur le Calvaire
   Le calice de la douleur !
   Telle est du ciel la loi suprême.
   Pour sauver l'homme on doit souffrir.
   Faut-il mon sang pour ceux que j'aime ?
   Frappez, Seigneur, je veux mourir.

5. O saint Bernard, ton âme ardente
   Puisait sa force dans la Croix ;
   Tu voulus, victime innocente,
   En soutenir toujours le poids.
   Ah ! puissions-nous dans la souffrance
   Retrouver notre antique ardeur
   Et, par une humble pénitence,
   Réparer de longs jours d'erreur !

(1) Saint Bernard fut le promoteur principal et le prédicateur de la seconde croisade (1146) qui eut pour chefs Louis VII le jeune, roi de France et Conrad III, empereur d'Allemagne.

Nº 25.

LA VRAIE PÉNITENCE.

Si pœniténtiam non egéritis, omnes...
períbitis.

(Luc 13, 5.)

COUPLET. Andante.

Nous im‿plo‿rons la cé‿les‿te clé‿
‿men‿ce, Nous in‿vo‿quons l'a‿mour d'un Dieu sau‿
‿veur, Mais par‿mi nous nul ne fait pé‿ni‿
‿ten‿ce, Nul ne flé‿chit le courroux du Sei‿gneur.

REFRAIN.

Pensons‿y donc, cou‿pa‿bles que nous
som‿mes, La pé‿ni‿tence est l'es‿poir des pé‿
‿cheurs. Jésus est mort pour sauver tous les hommes Et nous de‿

_ vons partager ses douleurs, Jésus est mort pour sauver tous les

hom_mes Et nous de_vons par_tager ses dou_leurs.

2. Oublions-nous l'arrêt de l'Evangile :
« Si le pécheur ne devient pénitent,
« Pardon ! pardon ! n'est plus qu'un cri stérile·
« Il faut subir le juste châtiment. »

3. Le cœur brisé du regret de nos crimes,
De l'Eternel implacables vengeurs,
Avec Jésus, soyons, soyons victimes,
Et de la Croix embrassons les rigueurs.

4. Du Rédempteur ô disciple fidèle,
O saint Bernard, tes membres innocents
Sont immolés sous la verge cruelle :
Au sang divin tu veux mêler ton sang.

5. Ah ! tu connais l'éternelle justice,
De nos péchés tu sais l'énormité,
Et tu voudrais, te vouant au supplice,
Du monde entier laver l'iniquité.

6. Loin donc de nous cette lâche mollesse
Qui du Très-Haut retarde les bienfaits,
Mais refoulant une fausse tendresse
En vrais chrétiens expions nos forfaits.

N° **26.**

HYMNE DES CROISÉS.

Non coronátur nisi legítime
certáverit.

(2 Tim., 2, 5.)

Gounod.

COUPLET.

Maestoso.

Elle a son _ né l'heure où les no _ bles

âmes Doivent pour Dieu signaler leur amour; Nos cœurs, brû_

_ lant de généreuses flammes, Saints Etendards, vous défendront tou_

jour. Mais en ces lieux quelle voix entraînante A notre é

_ lan donne un nouvel essor! O saint Bernard, c'est ton ombre puis_

_san _ te Qui parle et nous a_nime en_cor.

REFRAIN.

Soldats de Dieu, saint Bernard nous ap _

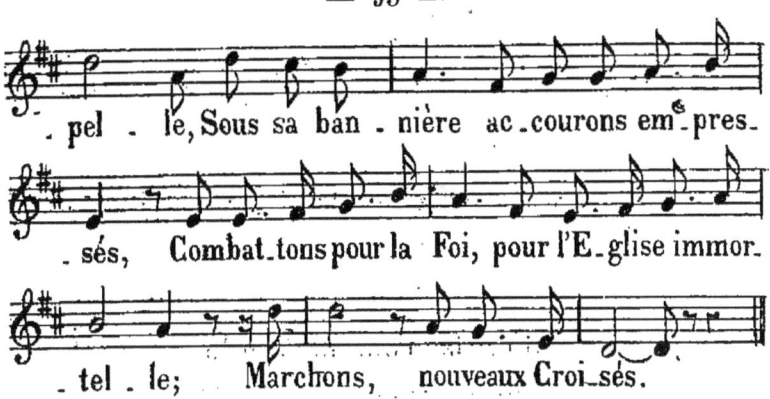

_ pel _ le, Sous sa ban _ nière ac _ courons em^{és} pres _

_ sés, Combat _ tons pour la Foi, pour l'E _ glise immor _

_ tel _ le; Marchons, nouveaux Croi _ sés.

2. Oui, dans notre âme, écho de ta parole,
   Un cri s'entend : Dieu le veut! Dieu le veut!
   Nous avons pris le glorieux symbole
   Que tu donnas toi-même à nos aïeux.
   Et nous voici pleins d'un zèle intrépide,
   Prêts à mourir pour le nom du Seigneur.
   Viens, ô Bernard, viens et sois notre guide :
   Nous te suivrons, saint Protecteur.

3. Que poursuit donc une aveugle colère?
   Quel noir complot ont tramé les méchants?
   Dans quel dessein nous livrent-ils la guerre,
   A nous, du Christ pacifiques enfants?
   Prêtons l'oreille : un blasphème effroyable
   Nous rend témoins de leurs pensers pervers :
   « Dieu, tu n'es pas, et d'un joug détestable
   « Il faut délivrer l'univers. »

4. Mais Dieu se rit de leur vaine menace
   Et n'a pour eux qu'un regard de dédain;
   Il peut d'un mot confondre leur audace;
   Cendre et poussière, où seront-ils demain?
   Que ta victoire est soudaine et facile,
   Maître puissant des peuples et des rois!
   Ta forte main brise comme l'argile
   Tout ce qui résiste à tes lois.

5. Faut-il encor du Monarque suprême
   Leur rappeler le décret solennel?
   Ainsi Dieu parle : « Eglise, ô toi que j'aime,
   « Partage aussi mon empire éternel ;
   « Au Tout-Puissant unis tes destinées,
   « Tu défieras les portes de l'Enfer ;
   « Les passions sont en vain déchaînées,
   « A jamais tu dois triompher. »

6. Calme ta rage, impiété sanglante,
   Toi qui voudrais renverser nos autels;
   Ne vois-tu point qu'elle expire impuissante
   En attaquant nos destins immortels?
   Pervers, fuyez.... non, vous êtes nos frères,
   Nous vous aimons malgré vos attentats;
   Oh! laissez-vous fléchir par nos prières,
   Venez vous jeter dans nos bras.

7. Venez, venez, accomplissez l'oracle
　　Tombé jadis des lèvres du Sauveur,
　　Et donnez-nous le consolant spectacle
　　D'un seul troupeau sous l'unique Pasteur.
　　Ensemble alors dans nos hymnes de gloire,
　　Le cœur ému d'un céleste transport,
　　Nous chanterons le Dieu de la victoire,
　　　Le Dieu toujours bon, toujours fort.

6

N° **27.**

LA PRIÈRE DES CROISÉS.

Advéniat regnum tuum.
(Mat., 6, 10.)

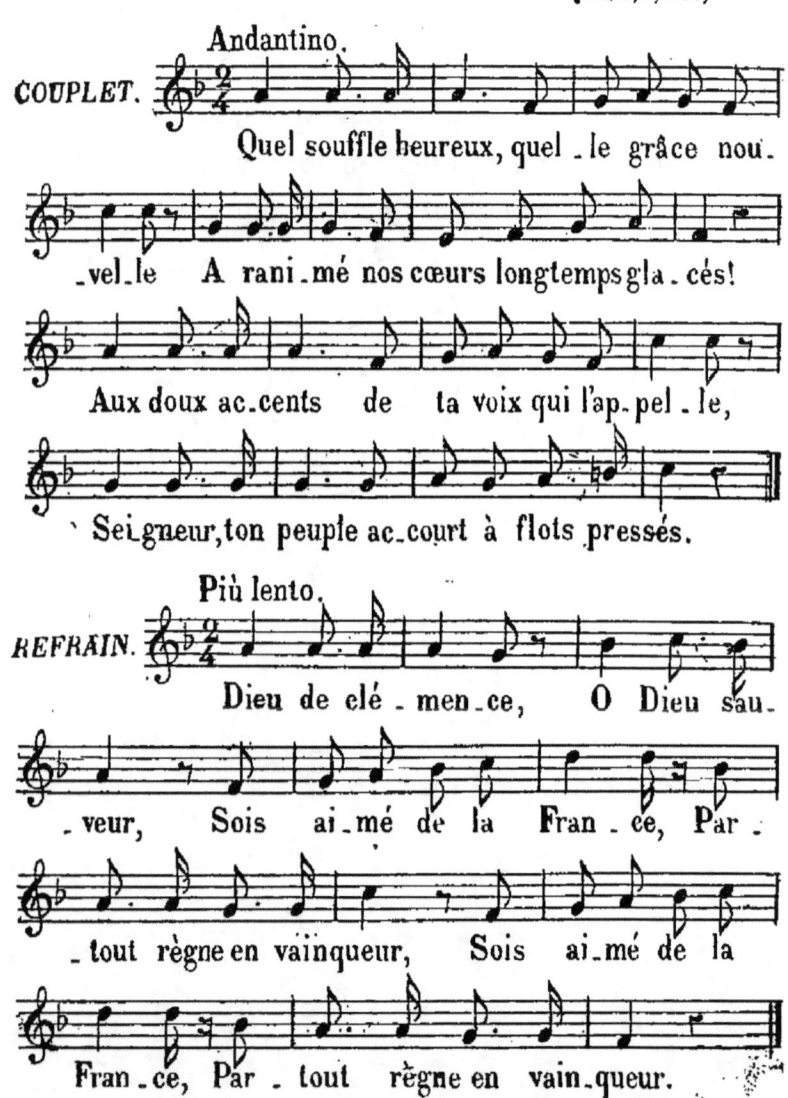

COUPLET.

Andantino.

Quel souffle heureux, quel _ le grâce nou_

_vel_le A rani_mé nos cœurs longtemps gla_cés!

Aux doux ac_cents   de   ta voix qui l'ap_pel_le,

Sei_gneur, ton peuple ac_court à flots pressés.

REFRAIN.

Più lento.

Dieu de clé _ men_ce,   O Dieu sau_

_veur,   Sois   ai_mé de la   Fran _ ce,   Par_

_tout règne en vainqueur,   Sois   ai_mé de la

Fran _ ce, Par _ tout   règne en vain_queur.

2. La sainte Eglise a vu sa fille aînée,
   Confuse enfin de tant d'égarements,
   Aux pieds du Christ humblement prosternée
   Les arrosant de ses pleurs pénitents.

3. Dans Paris même un monument s'élève,
   Gage attendu d'amour, de repentir.
   Dieu de bonté, que ton œuvre s'achève,
   Que ton Cœur puisse à son gré nous bénir !

4. Pour seconder ton dessein admirable,
   Presser l'élan de ton sublime amour,
   Les yeux tournés vers ce Cœur adorable,
   Avec ardeur nous te prierons toujour.

5. Pitié, mon Dieu, pour des enfants rebelles,
   Voulant hélas! effacer de leur front
   Le sceau du Christ, où leurs cœurs infidèles
   N'ont plus senti qu'un outrage, un affront.

6. Pitié, mon Dieu, pour l'ingrat qui se raille
   De tes bienfaits, de ta divine Loi;
   Qui, le Dimanche, insolemment travaille
   Et met sa gloire en son mépris pour toi.

7. Pitié, mon Dieu, pour nos propres offenses,
   Pour nos froideurs et nos fragilités :
   Amer retour, coupables négligences
   Que tu reçois en prix de tes bontés.

8. Pour t'implorer, à notre humble prière
   Se sont unis la Vierge et saint Bernard ;
   Cède à nos vœux, et que la terre entière
   Sous le saint joug se courbe sans retard.

—◦◦◦—

N° 28.

AMOUR A N.-S. JÉSUS-CHRIST.

Si scribas, non sapit mihi nisi légero
ibi Jesum.
(S. Bern., in Cant. serm. 15.)

Le Frère Pacôme.

Allegretto.

REFRAIN.

Jé_sus, je chante_rai ta puissance immor_

_tel_le; Je rendrai gloire à ta bonté fi-

_dè_le; Jé_sus, Jé_sus, Dieu que je sers, A

Toi tout mon a_mour, à Toi tous mes concerts, A

Toi ma lou_ange é_ter_nel_le, A

Toi ma_lou_ange é_ter_nel_le!

COUPLET.

Ce fut l'es-poir d'un siè-cle dé-i-ci-de D'a-né-an-tir ton cul-te par-mi nous, Mais tu bri-sas son au-da-ce per-fi-de, Et le voi-ci, Seigneur, à tes ge-noux. Jé-

2. Je vois, j'adore en ton être sublime
   De l'Eternel l'auguste majesté;
   Je sens, j'admire en ton cœur magnanime
   Du Créateur la suprême bonté.

3. L'humanité te couvre de son voile,
   Elle affaiblit l'éclat de ta grandeur;
   Mais tout entier ton amour se dévoile
   Et tu m'en fais sonder la profondeur.

4. O de l'amour ineffable mystère!
   Un Dieu fait homme, à mon rang descendu
   Un Dieu souffrant, partageant ma misère!
   Un Dieu mourant, à la Croix suspendu!

6.

5. J'étais maudit : son sang m'obtint ma grâce,
   Il m'a rouvert le céleste séjour ;
   Devant mes pas il a frayé la trace
   Qui, jusqu'à lui, doit m'élever un jour.

6. Lorsqu'il remonte aux splendeurs de son trône,
   Va-t-il laisser son enfant orphelin ?
   Non, sur l'autel il demeure, il se donne :
   Le pain de l'ange est devenu mon pain.

7. Jetez l'outrage à son nom adorable,
   Hommes ingrats, provoquez ses rigueurs :
   De ce Dieu bon vengeance incomparable !
   Son Cœur paraît et subjugue vos cœurs.

8. Quel est, Seigneur, celui qui te ressemble ?
   Qui rivalise avec ta royauté
   Et, comme toi, fait éclater ensemble
   Tant de puissance avec tant de bonté ?

9. Fils du Très-Haut, devenu fils de l'Homme,
   Du monde entier ton Père t'a fait roi ;
   Ciel, terre, enfer, quand une voix te nomme,
   Tout doit fléchir le genou devant toi.

10. Règne, ô Jésus, du couchant à l'aurore,
Règne à jamais, Dieu d'amour, Dieu Sauveur ;
Cieux, avec moi chantez, chantez encore,
Louons sans fin le divin Rédempteur.

N° 29.

AMOUR A L'ÉGLISE.

Non prævalébunt advérsus eam
(Mat., 16, 18.)

Moupou.

Es_poir de l'homme, Arche nou_vel_le Où
Dieu nous of_fre le sa_lut, Doux Bercail où l'à_me fi_
_dè_le Repo_se sous l'œil de Jé_sus.

O sainte E_gli_se,
ta mé_moire Est tou_jours pré_sente à mon
cœur, Te dé_fendre est toute ma gloi_re, Te ser_

.vir est tout mon bonheur, Te dé_fendre est toute ma gloi _ re, Te ser _ vir est tout mon bon _ heur, Te ser _ vir est tout mon bonheur.

2. Le saint qu'en ces lieux on vénère,
   Bernard, m'apprend à te chérir;
   Il t'a donné son âme entière,
   Il ne vit que pour te servir.

3. Faut-il éclairer les fidèles
   Quand le schisme les a troublés ?
   Il paraît, confond les rebelles,
   Les faux pasteurs sont dévoilés.

4. En vain, ô perfide hérésie,
   Armes-tu ton bras destructeur;
   Pour briser ton audace impie
   Bernard accourt, il est vainqueur.

5. De cet admirable modèle
   Je jure de suivre les pas ;
   Enflammé de son noble zèle
   A mon tour je vole aux combats.

6. Poursuis ton œuvre, Eglise sainte,
   Etends le règne de la foi ;
   Le front haut, va, marche sans crainte,
   Le Tout-Puissant est avec toi.

7. Interprète de l'Evangile,
   Parle, fais retentir ta voix ;
   Je reçois d'un esprit docile
   Tes enseignements et tes lois.

8. L'impie avec son arrogance
   Essaie en vain de te flétrir ;
   O ma Mère, pour ta défense,
   S'il le faut, je saurai mourir.

9. Amour au Pontife suprême
   Du monde infaillible Docteur !
   Qui l'outrage soit anathème !
   A qui l'abandonne, malheur !

10. Amour au Prélat vénérable
Qui nous préside en ces saints lieux !
Que le ciel toujours favorable
Longtemps le conserve à nos vœux !

11. Enfants dévoués de l'Eglise,
Disciples et soldats du Christ.
Que jamais l'enfer ne divise
Nos cœurs que Dieu lui-même unit.

A NOTRE-DAME

DE TOUTES LES GRACES.

Totíus boni plenitúdinem pósuit (Deus
in María : ut proínde si quid spei in nobis
est, si quid grátiæ, si quid salútis, ab ea
novérimus redundáre...

(S. Bern., Serm. de Aquæ-ductu.)

N° **30.**

SALUT A N.-D. DE TOUTES LES GRACES.

... María! tu nec nominári potes quin
accéndas, nec cogitári quin récrees afféc-
tus diligéntium te.
   (S. Bern. Serm. paneg. pars 6.)

M. l'abbé S. Morelot.

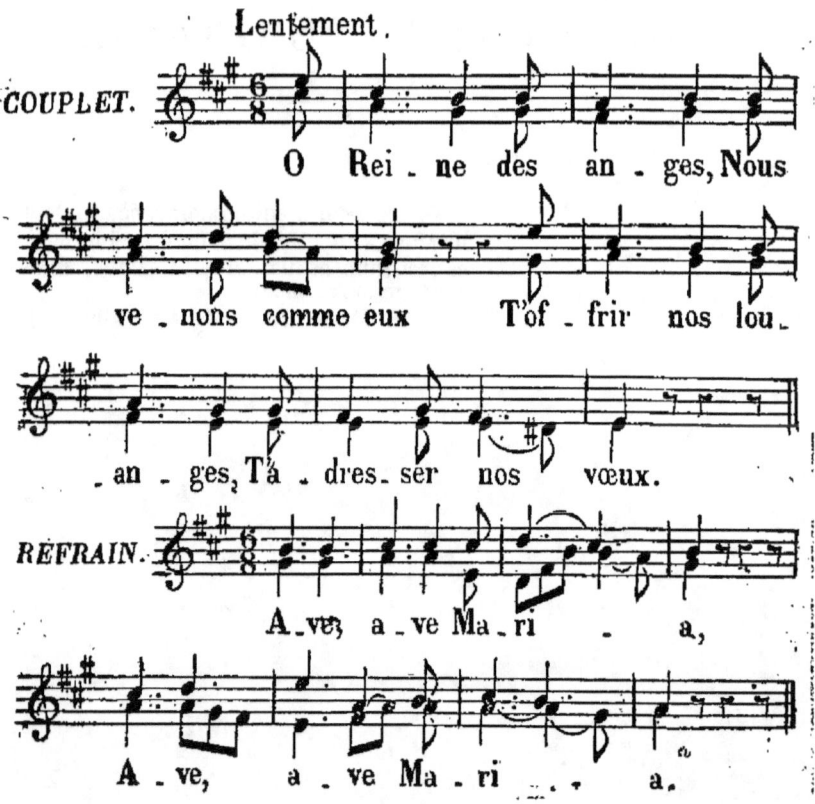

Lentement.

COUPLET. O Rei _ ne des an _ ges, Nous ve _ nons comme eux T'of _ frir nos lou _ an _ ges, T'a _ dres _ ser nos vœux.

REFRAIN. A _ ve, a _ ve Ma _ ri _ a,

A _ ve, a _ ve Ma _ ri _ a.

2. Dans ce sanctuaire
   Jamais pèlerin,
   Vierge tutélaire,
   Ne t'invoque en vain.

3. Ces murs, Vierge sainte,
   Charment ton regard ;
   C'est dans cette enceinte
   Qu'est né saint Bernard.

4. O *Dame des Grâces*,
   Sois notre secours,
   Et de nos disgrâces
   Arrête le cours.

5. Aimable présage,
   Ton nom plein d'attraits
   Est pour nous le gage
   De tous les bienfaits.

6. Sur cette colline
   Qui donc a nommé
   La Vierge divine
   De ce nom aimé?

7. Lui-mème, ô Marie,
   Bernard l'a dicté,
   Lorsque son génie
   Louait ta bonté (1).

8. Pour chanter ta gloire,
   T'invoquer ici,
   Vierge, en sa mémoire
   Ce nom fut choisi.

9. Reine vénérée,
   Sois donc parmi nous
   Connue, honorée
   Sous un nom si doux.

10. O Dispensatrice
    Des trésors des cieux,
    Tendre protectrice,
    Comble tous nos vœux.

11. Puissante patronne,
    Secours des chrétiens,
    Pour que Dieu pardonne
    Sans cesse interviens.

12. Protège la France
    Si chère à ton cœur;
    Veille à sa défense,
    Veille à sa grandeur.

13. Bienfaisante Reine,
    Rends-lui pour jamais
    Et sa gloire ancienne
    Et ses jours de paix.

14. A son Dieu fidèle
Qu'elle ose aujourd'hui
Déployer son zèle,
Combattre pour Lui.

15. Qu'elle aime l'Eglise
Et, comme autrefois,
Qu'au monde elle dise :
Je défends ses droits.

16. Bénis, tendre Mère,
Du plus doux regard
Cette heureuse terre
Qu'illustra Bernard.

17. Garde nos hommages
Et sur ce pays
Jusqu'aux derniers âges
Règne avec ton Fils.

(1) Ce nom de *Notre-Dame de toutes les Grâces* résume admirablement la pensée qui domine saint Bernard, dans ses écrits sur la sainte Vierge. « Marie, dépositaire de la grâce divine, la répand « sur tous ceux qui l'invoquent. Elle en possède la plénitude ; car, « dit l'Evangile, elle est *pleine de grâce*. Or, cette plénitude n'est « point pour la Vierge toute seule ; mais de son cœur elle efflue « et se déverse avec abondance sur ses enfants. C'est ce que le « saint docteur ne se lasse point de redire dans toutes ses suaves « homélies.» (Ratisbonne, Hist. de s. Bernard, 4me époq., c. VIII.)

N° 31.

LE « FIAT » DE LA RÉDEMPTION (1).

Audiámus et nos respónsum lætitiæ.
(S. Bern. de Laud. B. M. V. serm. IV.)

L' Piellard.

COUPLET.

Quel mes _ sage ap _ porte à la ter _ re Cet ar_change au front ra_di _ eux? C'est l'ob_ _ scure et pauvre chaumiè _ re Qui re_çoit l'envoyé des cieux. Oui, Dieu mépri_se l'ò_ pu _ len_ce, Faut-il u _ ne mère à son Fils, C'est sous le toit de l'indi_ _gen _ ce Que le Roi du ciel la choi_ sit.

REFRAIN.

Sa _ lut, Pleine de grâ _ ce, Pas

une ombre n'ef _ fa _ ce L'é _ clat de vos ver _

_tus; Le Dieu qui vous fit naî _ tre De

vous re_ce _ vra l'ê _ tre, Vous se_rez Mè _

_ re de Jésus, Vous serez Mè _ re de Jé_ sus.

2. A ces mots que lui dit l'archange
Voyez la Vierge se troubler :
Une âme humble craint la louange,
Qui l'exalte, la fait trembler.
Ah ! combien votre modestie
Charme le cœur du Roi des rois !
Laissez donc, aimable Marie,
Dieu vous honorer d'un tel choix.

    Salut, Pleine de grâce !
    Pas une ombre n'efface
    L'éclat de vos vertus.
    Le Dieu qui vous fit naître
    De vous veut tenir l'être,
    Oh ! soyez Mère de Jésus !

3. « Mais comment un si grand mystère
   « Devra-t-il en moi s'accomplir ?
   « Au front de la Divine Mère
   « Les lis peuvent-ils se flétrir ? »
   Gloire à vous, Femme incomparable,
   Céleste et virginale Fleur !
   Un prodige auguste, ineffable,
   Vous rendra mère du Sauveur.
       Salut, Pleine de grâce !
       Pas une ombre n'efface
       L'éclat de vos vertus.
       Au Dieu qui vous fît naître
       Sans crainte donnez l'être,
       Et soyez Mère de Jésus.

4. N'hésitez plus, Vierge bénie,
   Et que la race des mortels
   Ne soit point à jamais bannie
   Du séjour des biens éternels.
   Ecoutez la famille humaine,
   Ecoutez vos nobles aïeux,
   Vous priant de rompre leur chaîne ;
   Vierge, parlez, comblez leurs vœux.
       Salut, Pleine de grâce !
       Pas une ombre n'efface
       L'éclat de vos vertus.
       Au Dieu qui vous fît naître
       Aujourd'hui donnez l'être,
       Et soyez Mère de Jésus.

5. « Du Dieu dont la vertu puissante

  « Consacre ma virginité,

  « Pour jamais je suis la servante ;

  « *Qu'il fasse en moi sa volonté.* »

La Vierge dit : l'ange s'envole,

Le Verbe descend parmi nous,

Et l'homme que ce jour console

Redit sans fin ce chant si doux :

    Salut, Pleine de grâce !

    Pas une ombre n'efface

    L'éclat de vos vertus.

    Au Dieu qui vous fit naître

    Vous avez donné l'être ;

    Vous êtes Mère de Jésus.

---

(1) Ce cantique rappelle une des plus belles homélies de saint Bernard sur la sainte Vierge (de Laud. B. M. V. serm. 4.) Le pieux docteur y expose que le genre humain tombé par l'abus de sa liberté ne pouvait être relevé sans l'acquiescement de cette même liberté ; et qu'ainsi il fallait que l'humanité présentât à Dieu une capacité pure, une volonté humble et docile, une âme parfaite, où la grâce pût se rendre accessible, où l'alliance pût se rétablir, où l'union pût se renouer, où la divine harmonie pût recommencer entre le ciel et la terre. Aussi l'univers entier attendait la Vierge comme la créature chaste et immaculée, dont le consentement dût amener l'accomplissement des desseins de Dieu. (Ratisbonne Hist. de s. Bernard. T. 2. ch. 8.) Rien n'est splendide comme le passage dont on s'est inspiré et où saint Bernard décrit le moment solennel où Marie va répondre au message du Tout-Puissant.

7.

Nº 32.

LA MÈRE DE LA DIVINE GRACE.

Totum nos habére vóluit per Maríam.
(S. Bern. de Virg. Deip. serm. II, pars 7.)

Aloys Kunc (*).

COUPLET

Maestoso.

Jésus tou _ chait à son heure der _
_niè _ re, Son front mou _ rant se penchait de la
Croix; En ce mo _ ment il re _ gar _ de sa
Mère Et veut en _ cor _ lui parler u _ ne fois.

REFRAIN.

O Vierge, écoutez la paro _ le Que dit Jé _
_ sus en expi _ rant; O Vier _ ge, ce mot nous con _

(*) La mélodie de ce cantique est empruntée au recueil : *Les trois Cou-ronnes*, de M. Aloys Kunc.

_so _ le; Désor _ mais l'hom _ me est votre en _ fant, Désormais l'homme est votre en _ fant.

2. Avec Marie, aux pieds de la Victime
   Pleurait saint Jean, l'apôtre bien aimé.
   A ce témoin de sa pensée intime
   Le vœu du Christ est aussi proclamé.

3. Du Rédempteur la tendre voix s'élève;
   Ah! c'est l'amour jetant son dernier cri :
   « Voici ton Fils, ô Femme, ô nouvelle Eve !
   « — Voici ta Mère, ô disciple chéri. »

4. Parole auguste! elle exprime un mystère
   Qui fait la joie et l'espoir du pécheur ;
   Du genre humain, oui, vous êtes la Mère,
   Vous dont le sein allaita le Sauveur.

5. Unie à Dieu pour nous rendre la vie,
   Pour enfanter tous les membres du Christ,
   Par vous le ciel, ô sagesse infinie !
   Du sang divin nous dispense le prix.

6. Amour à vous, Vierge compatissante,
   Mère de grâce, arbitre du pardon !
   Sauvez, sauvez mon âme pénitente,
   P squ'en vos mains vous portez sa rançon.

Nº 33.

LE TRONE DE LA REINE DES GRACES.

Ad tuæ protectiónis umbráculum confúgimus.
(S. Bern. Serm. panégyr.)

M. l'abbé S. Morelot.

REFRAIN.

Je vous sa _ lue, au _ guste et sainte
Reine, Dont`la beau _ té ra _ vit les immor _
_ tels; Mè _ re de grâ _ ce, ai _ ma _ ble sou _ ve _
_ rai _ ne, Je me pros _ ter _ ne au pied de vos au _
_ tels, Je me pros _ ter _ ne au pied de vos au _ tels.

COUPLET.

Qu'ils ont d'at _ trait pour mon cœur, ô Ma _
_ ri _ e, Ces saints au _ tels, re _ fu _ ge du pé _

.chœur, Trô-ne d'a-mour d'où vo-tre main ché-ri - e

Ré-pand sur moi le par-don, le bon-heur! **D.C.**

2. Vous ne portez la royale couronne,
   Vous ne tenez le sceptre en votre main
   Que pour verser, douce et tendre Patronne,
   Les dons du ciel sur tout le genre humain.

3. A votre cour, un accueil favorable
   Reçoit toujours le pauvre, l'affligé ;
   S'il vient à vous, le cœur le plus coupable
   En vous priant se sent bientôt changé.

4. Dans le désert la colombe timide
   Fuit et s'abrite au creux de son rocher ;
   Moi, mon abri, mon invincible égide,
   C'est près de vous que je les viens chercher.

5. Sous vos regards que mon âme est tranquille !
   Quels plaisirs purs, quelles chastes douceurs !
   Un jour ici, je le préfère à mille
   Passés au sein des mondaines splendeurs.

6. Reine céleste, agréez mon hommage
   Et laissez-moi vous aimer, vous bénir ;
   De vos bontés si je réclame un gage,
   C'est de pouvoir à jamais vous servir.

N° 34.

PARAPHRASE DU « SALVE REGINA » [1].

Hæc tota rátio spei meæ.
(S. Bern. Serm. de Aquæ-ductu.)

COUPLET. Sa - lut, dou-ce Rei-ne, Es-poir du pé-cheur, Tendre souve-rai-ne, Ouvre-nous ton cœur.

REFRAIN Sal - ve, sal - ve Re - gi - na, Sal - ve, sal - ve Re - gi - na.

2. Ton âme si bonne
  Connaît nos désirs,
  Jusqu'à ton trône
  Montent nos soupirs.

3. O Vierge féconde,
  Le Verbe divin,
  Le Sauveur du monde
  Est né de ton sein.

4. Vierge immaculée,
  Des splendeurs des cieux
  Sur cette vallée
  Abaisse tes yeux.

5. Tu vois nos alarmes,
  Parmi le danger.
  Viens sécher nos larmes,
  Viens nous protéger.

6. Après cette vie,
  Dans le paradis,
  Fais-nous, ô Marie,
  Contempler ton Fils.

(1) Si saint Bernard n'est pas lui-même l'auteur du « *Salve Regina* » ce que n'osent affirmer les Bollandistes, son nom et son souvenir restent toujours intimement liés à l'histoire mystérieuse de cette Antienne Ces savants hagiographes rapportent avec soin le récit du moine Albéric pour l'année 1130. « Saint Bernard » dit cette curieuse chronique, « aimait à visiter l'abbaye de St-Bénigne de « Dijon, où reposaient les restes de sa mère. Une nuit qu'il se trou- « vait en prières au pied de l'autel, il entendit chanter l'antienne « avec une harmonie merveilleuse. C'étaient les Anges qui saluaient « la Mère de Dieu : mais le Saint croyant que ces voix étaient celles « des religieux dit le lendemain à l'abbé. — Cette nuit vous « avez vraiment bien chanté l'antienne du Puy autour de l'autel de « la B. Vierge Marie. — Or il appelait cette antienne *Antienne du* « *Puy* parce que Haimar (ou Adhémar, qui prit part à la 1re croi- « sade) évêque du Puy l'avait composée. C'est en souvenir de cet « événement qu'un chapitre général tenu à Cîteaux, décida que « l'antienne serait admise dans les prières de l'Ordre. » — Les leçons de l'ancien bréviaire de l'église de Fontaine en relatant ce fait attribuent le *Salve Regina* aux anges eux-mêmes. Saint Bernard après les avoir entendus, aurait retenu leur chant et l'aurait transmis au Pape Eugène III, avec prière de le rendre obligatoire dans toute l'Eglise. (Acta Boll. de s. Bern. § LXII. Migne S. Bern. vol. 4me col. 928.)

N°. 35.

LES TROIS DERNIÈRES INVOCATIONS DU « SALVE » [1].

Eructávit... verbum bonum.
(Ps. 44, 2.)

Adagio.

Bien triste est cette terre, Des pleurs c'est le sé-
-jour; De la meilleu_re Mè_re In_té_ressons l'a-
mour. Plus vite elle con_so_le, Plus tendre est pour nous
son regard, Quand nous répetons la pa_role De saint Bernard.

O CLEMENS!

2. Priez, auguste Mère,
   Priez pour des pécheurs ;
   Du ciel votre prière
   Obtiendra les faveurs.
   O Vierge si puissante,
   Calmez le céleste courroux.
   Priez pour nous, Reine clémente,
   Priez pour nous.

3. Esther sut pour sa race
    Fléchir un roi mortel;
    Obtenez notre grâce
    Du Monarque éternel.
    O Vierge ravissante,
Ce Dieu n'est-il pas votre époux?
Priez pour nous, Reine clémente,
    Priez pour nous.

4. Ce Maître redoutable
    A vos lois s'est soumis;
    O Femme incomparable,
    Il s'est fait votre Fils.
    Mère la plus aimante,
Auprès de lui vous pouvez tout;
Priez pour nous, Reine clémente,
    Priez pour nous.

O PIA!

5. Prodige de tendresse,
    Votre cœur maternel
    Sur nous répand sans cesse
    Tous les trésors du Ciel.
    Vous semblez ne vous plaire
Qu'à nous témoigner votre amour,
Soyez, oh! soyez notre Mère
    Toujours, toujours.

6. Abrités sous votre aile,
   A vos saintes ardeurs,
   Vierge pure et fidèle,
   Se réchauffent nòs cœurs.
   Votre main tutélaire
Est notre appui, notre secours;
Soyez, oh ! soyez notre Mère
   Toujours, toujours.

7. Aimable Providence
   De tous les malheureux,
   Partout notre indigence
   Reçoit vos soins pieux,
   Jamais notre misère
A vous vainement n'eut recours.
Soyez, oh ! soyez notre Mère
   Toujours, toujours.

O DULCIS !

8. O vous la douceur même,
   Le vrai charme du cœur,
   De l'âme qui vous aime
   Vous faites le bonheur.
   L'aimable fruit de vie,
Jésus, le céleste aliment,
Vous le donnez, douce Marie,
   A votre enfant.

9. Beau lis de la vallée
   Si pur, si ravissant!
   De la voûte étoilée
   Flambeau le plus brillant!
   L'innocence bénie,
   Le calme le plus bienfaisant,
   Vous les donnez, douce Marie,
   A votre enfant.

10. Vierge au tendre sourire
    Ma joie et mon espoir!
    Vers vous mon âme aspire,
    Je veux, je veux vous voir.
    Au seuil de ma patrie
    Je m'envole et je vous attends;...
    Ouvrez le ciel, douce Marie,
    A votre enfant.

(1) D'après la chronique de Spire, saint Bernard étant entré un jour dans la grande église de cette ville, au moment où l'on achevait l'antienne « *Salve Regina* », ajouta comme par inspiration ces trois invocations « *ô clemens, ô pia, ô dulcis Virgo Maria!* » Une table d'airain scellée dans le pavé indique encore le lieu où était placé le saint docteur, lorsque ces invocations s'échappèrent de ses lèvres, et tous les ans on les chante au même endroit en son souvenir.

Nº 36.

LE SOUVENEZ-VOUS (1).

Síleat misericórdiam tuam Virgo beáta, si quis est qui invocátam te in necessitátibus suis, sibi memínerit defuísse.

(S. Bern. Serm. in Assumpt. IV.)

A. Dargein (*Echos de Massabielle.*)

REFRAIN. Exaucez-nous, Notre Dame des Grâ_ces, O vous l'es _poir du pi_eux Pé _ le _ rin, Ex_au _ cez-nous: à tou_tes nos dis _ grâ _ ces, Mè_re si tendre, ah! dai_gnez met _ tre fin.

Più lento

COUPLET. Sou_ve_nez-vous, Vier_ge re_con_nais_ _san _ te, De quel a _ mour saint Bernard vous ai _

_mait, Comment sa voix, sa parole élo_quen_te Avec ar_
_deur partout vous cé_lé_brait._   Ex_au_cez

2. Souvenez-vous que, dans sa confiance,
   Il dit un mot mille fois répété,
   Un mot béni qui verse l'espérance
   Dans notre cœur si souvent attristé.

3. Souvenez-vous que, dans ce sanctuaire,
   Lui-même il vient le redire avec nous.
   Reconnaissez l'écho de sa prière,
   Son tendre accent, qui monte encor vers vous.

4. « Souvenez-vous, bonne Vierge Marie,
   « Qu'à vous jamais un mortel n'eut recours
   « Sans obtenir que votre âme attendrie
   « Vînt lui prêter un maternel secours. »

5. Souvenez-vous, ô virginale Mère,
   De vos enfants gémissant dans l'exil ;
   Protégez-les, ô Vierge tutélaire,
   Dans la souffrance, à l'heure du péril.

6. Souvenez-vous de l'Eglise immortelle,
   De ses combats, de ses nobles labeurs.
   Lorsque l'enfer se déchaîne contre elle,
   Mère, venez abréger ses douleurs.

7. Souvenez-vous de notre chère France
   Où sont marqués vos pas immaculés.
   Brillez sur elle, Etoile d'espérance ;
   En vous voyant nous sommes consolés.

8. Souvenez-vous des dangers de nos âmes
   Et gardez-leur la grâce et les vertus.
   Préservez-nous des éternelles flammes,
   Guidez nos pas au séjour des élus.

9. Souvenez-vous de la timide enfance ;
   Mère, écartez ses cruels ennemis ;
   Oh! gardez-lui sa foi, son innocence,
   Avec l'amour de votre divin Fils.

10. Souvenez-vous de toutes nos misères :
    De l'indigent à qui manque le pain,
    Des orphelins qui réclament leurs mères,
    Du voyageur perdu dans le lointain.

11. Souvenez-vous de toute âme en détresse,

    Des longues nuits du malade plaintif,

    De l'affligé, du mourant qu'on délaisse,

    De l'exilé, des larmes du captif.

(1) Quelques auteurs regardent le « Memordre » comme l'œuvre de saint Augustin ; d'autres, et c'est le plus grand nombre, l'attribuent à saint Bernard, mais cette prière ne se trouve nulle part chez ces deux Pères. Ce qui est certain, c'est que dans plusieurs écrits qui sont notoirement de saint Bernard on rencontre des sentiments entièrement analogues à ceux qui sont exprimés dans le « Memordre » ; par exemple : « *Sileat misericórdiam tuam, virgo beáta, si quis est qui invocáiam te in necessitátibus suis, sibi* MEMINERIT *defuisse..... ad hunc ígitur fontem sitibúnda próperet ánima nostra ; ad hunc misericórdiæ cúmulum tota sollicitúdine miséria nostra recúrret..... Dómina nostra, mediátrix nostra, advocáta nostra, tuo Fílio nos reconcília, tuo Fílio nos comménda, tuo nos Fílio repræsénta* (s. Bern. serm. 4, de Assumpt. n. 8 et 9 et serm. 2. in adv. n. 5).

On sait que saint François de Sales dut à la fervente récitation de cette prière, aux pieds de la statue de la sainte Vierge dans l'Eglise de Saint-Etienne des Grès, d'être délivré d'une peine intérieure très-violente, qui le tourmentait depuis longtemps. — Rappelons encore l'usage merveilleux qu'en a fait au XVIIᵉ siècle le « Pauvre Prêtre » Claude Bernard, notre compatriote, l'émule et l'ami de saint Vincent de Paul.

N° 37.

LE SALUT DE LA DIVINE MÈRE [1].

Salve Bernárde !
(Docum. hist.)

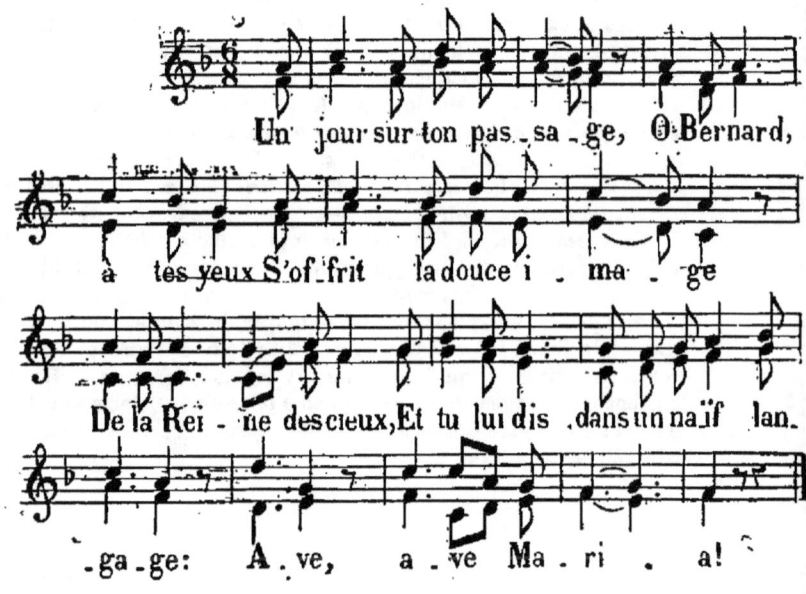

Un jour sur ton pas.sa.ge, O Bernard,
à tes yeux S'of.frit la douce i.ma.ge
De la Rei.ne des cieux, Et tu lui dis dans un na.if lan.
.ga.ge: A.ve, a.ve Ma.ri.a!

2. Mère aimable et chérie,
   A ce gage d'amour
   La divine Marie
   Répondit à son tour,
   Elle te dit d'une voix attendrie :
   Salve Bernárde!

3. Combien elle fut chère
   Désormais à ton cœur
   Cette simple prière
   Source de tant d'honneur !
Combien de fois tu dis à notre Mère :
   Ave Maria !

4. Délicieuse ivresse !
   Quand tu La saluais,
   Il te semblait sans cesse
   Que sa voix répétait
Ce mot béni, ce mot plein de tendresse :
   Salve Bernárde !

5. Lorsque dans la patrie
   Tu volas radieux,
   Quand l'auguste Marie
   Reparut à tes yeux,
Quel fut le cri de ton âme ravie ?
   Ave Maria !

6. Dans l'éternel empire
   Alors sans doute on vit
   La Vierge te sourire,
   Tout le ciel l'entendit
Avec amour, Elle aussi, te redire :
   Salve Bernárde !

8

7. Aux célestes phalanges
   Unis-toi, saint Bernard ;
   Vers la Reine des Anges
   Elevant ton regard,
   Redis sans fin en chantant ses louanges :
   Ave Maria !

8. Et, dans ton sanctuaire
   Reçois, ô saint Docteur,
   L'hommage que préfère
   T'adresser notre cœur ;
   C'est le salut de la Divine Mère :
   Salve Berndrde !

(1) On a voulu rappeler la vision d'Affighem, en Belgique (18 octobre 1146). Saint Bernard quittait le monastère de ce lieu, lorsque passant devant une image de la Mère de Dieu, placée à l'angle du cloître, il s'inclina profondément en disant « *Ave Marta* ». Aussitôt sous les yeux de tous les religieux, la statue tressaillit, s'inclina elle-même et répondit : « *Salve Berndrde* »- Le saint abbé voulut laisser à Affighem un gage de sa reconnaissance, il détacha le pavillon de son bâton pastoral et le déposa aux pieds de la statue miraculeuse. — Les autorités les plus graves confirment cette tradition. (Documents sur un voyage de saint Bernard en Flandres par le R. P. dom Pitra ord. S. Ben. Mign. op. S. Bern. 4 vol. p. 1798).

Autre air pour le N° 37.

Grazioso   Le Frère Pacôme.

1er
COUPLET.

Un jour sur ton pas _ sa . ge, Ô Ber-

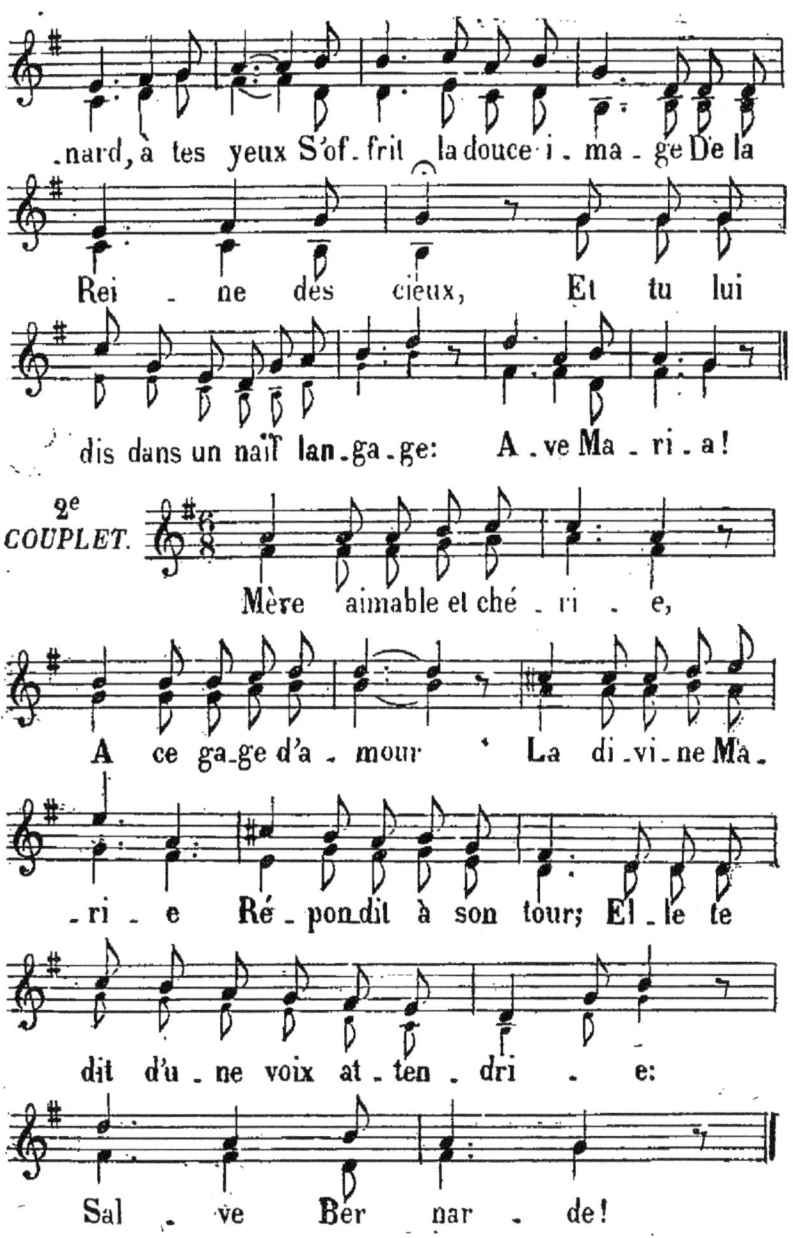

.nard, à tes yeux S'of.frit la douce i.ma.ge De la

Rei _ ne des cieux, Et tu lui

dis dans un naïf lan.ga.ge: A .ve Ma _ ri .a !

2e
COUPLET.

Mère aimable et ché _ ri _ e,

A ce ga.ge d'a _ mour La di .vi .ne Ma.

_ ri _ e Ré _ pon.dit à son tour; El _ le te

dit d'u _ ne voix at _ ten _ dri _ e:

Sal _ ve Ber nar _ de!

N° 38.

MARIE SE MONTRE LA MÈRE DE S. BERNARD (1).

Monstra te esse matrem.
Súscipe, Bernárde, Fílium meum
totíus mundi Redemptórem.
(Docum. hist.)

H. Vatin.

COUPLET. Mod^to cantabile.

De _ vant votre i _ ma _ ge ché _ ri _ e, Dans le saint lieu pri _ ant un jour, Ber _ nard. pour vous, Vier _ ge Ma _ ri _ e, Brû _ lait d'un in _ ef _ fable a _ mour; Les sou _ pirs. de son âme ar _ den _ te Comme l'en _ cens montaient aux cieux; L'i _ mage aimable et sou _ ri _ an _ te Sem _ blait encoura _ ger ses vœux, Semblait encourager ses vœux.

REFRAIN.

Dai_gnez aus_si vous montrer nô_tre
mè _ re, Rei_ne des cieux, comblez-nous de fa _
_veurs, In_cli_nez-vous jusqu'à no_tre mi_
_sè_re Et répandez vos bienfaits dans nos cœurs,
Et répandez vos bienfaits dans nos cœurs.

2. « O Vierge, disait sa prière,

   « Mère de Dieu, que j'aime tant,

   « *Montrez que vous êtes ma Mère,*

   « Je suis, oui, je suis votre enfant. »

   A ces mots le marbre s'anime,

   Prend un éclat mystérieux,

   Et dans une extase sublime

   La Vierge est là devant ses yeux. (*bis*)

   8.

3. « Bernard, dit la voix la plus tendre,
   « Suis-je ta mère? Tu le voi....
   « A tes désirs je veux me rendre,
   « *Voici mon fils, il est à toi.* »
   Et pour gage de sa tendresse
   Marie offrait le doux Sauveur...
   Bernard, en ce moment d'ivresse,
   Toi seul peux dire ton bonheur. (*bis*)

4. Un songe, un gracieux mystère
   Avait charmé Bernard enfant :
   Aux bras de la Divine Mère
   Il avait vu Jésus naissant.
   Aujourd'hui que l'heure s'avance
   Où ses vertus auront leur prix,
   La Vierge hâtant la récompense
   Revient pour lui donner son Fils. (*bis*)

5. Extases, moments adorables,
   Pour nous vous ne serez jamais;
   Pécheurs si froids et si coupables
   Comment jouir de tels bienfaits ?.
   Ah ! du moins, Vierge immaculée,
   Puissions-nous au divin séjour,
   Après cette vie écoulée,
   Vous voir et vous aimer toujour. (*bis*)

(1) Le sujet de ce cantique est la seconde vision de saint Bernard à Châtillon-sur-Seine, celle de 1153, d'après Manrique. Le saint étant un jour en oraison devant une antique image de la sainte Vierge dans l'église Saint-Vorles, suppliait la Mère de Dieu de le prendre sous sa protection, en se servant de ces naïves paroles « *Monstra te esse matrem* ». La Vierge s'inclinant alors vers son serviteur lui présenta son divin fils en lui disant : « *Suscipe Bernarde, Filium meum totius mundi redemptórem* ». Il y a quelques années on voyait encore à Saint-Vorles une vieille peinture murale représentant cette vision (Monographie de l'église Saint-Vorles par M. Mignard, 1874).

N° 39.

L'ÉTOILE DE LA MER.

Réspice stellam, voca Maríam.
(S. Bern. super Missus.)

Le Frère Pacôme.

Adagio.

COUPLET.

Lors_que sur nous l'o_ra_ge se dé_chaî_ne, De tes bon_tés ins_truits par saint Ber_nard, Vers toi, Ma_rie, ai_ma_blesou_ve_rai_ne Nous é_le_vons no_tre tremblant re_gard.

REFRAIN.

Di_vine E_toi_le, Brille à nos

yeux; Viens gui-der no.tre voi . le, Conduis-la jus - qu'aux cieux, Viens gui-der no.tre voi . le, Conduis - la jus - qu'aux cieux.

2. Jetés, hélas! sur les mouvants abîmes,
   Et sillonnant l'immensité des mers,
   Devons-nous donc, malheureuses victimes,
   Périr un jour dans ces gouffres amers ?

3. Autour de nous les vagues écumantes
   Semblent déjà nous présager la mort.
   O Vierge, entends ces ondes mugissantes
   Et prends pitié de notre triste sort.

4. Combien d'écueils semés sur le passage
   Et déguisés sous la nappe des flots !
   Toujours, toujours la crainte du naufrage
   De notre cœur vient bannir le repos.

5. Comme le ciel se couvre de ténèbres !
   Au firmament s'éteignent tous les feux ;
   Tout disparaît sous des ombres funèbres ;
   Astre des mers, entends, entends nos vœux.

6. Elle a brillé l'Etoile salutaire,
   Il s'est levé l'astre consolateur ;
   Jamais en vain l'on n'implore une mère,
   A notre voix répond toujours son cœur.

7. *En invoquant le saint Nom de Marie,*
   En regardant l'Etoile de la Mer,
   Nous braverons les flots et leur furie,
   Nous défierons la rage de l'enfer.

ADIEUX

AU

BERCEAU DE SAINT BERNARD.

Memor ero tui.
(Ps. 41, 7.

N° **40.**

LE DERNIER VŒU DU PÈLERIN.

Ibimus in sémitis ejus.
(Mich. 4, 2.)

Labat de Sérène.

Allo Moderato.

COUPLET.

Dans cet a _ si _ le tu _ té _ lai _ re Bienheu-

-reux qui vient s'abri _ ter! Ai _ mable et béni sanc-tu-

_ai _ re, Pour _ quoi faut-il donc te quit-ter!

REFRAIN.

Saint Ber _ nard, dans cet _ te cha-

_pel _ le En _ tends, ex _ auce un der _ nier

vœu! A tes le _ çons rends-moi tou _ jours fi-

. dè _ le; Je suis chré _ tien, je dois servir mon

Dieu, Je suis chrétien, je dois servir mon Dieu.

2. Grand Saint, j'appris à ton école
   Le secret du parfait bonheur ;
   J'ai vu, loin du siècle frivole,
   Le ciel habiter dans ton cœur.

3. Dieu seul peut contenter notre âme :
   Les richesses, les vains plaisirs,
   Ce faste que l'orgueil réclame
   Jamais n'ont comblé nos désirs.

4. A Jésus, à mon Bien suprême
   Je m'attache aussi sans retour ;
   Pour lui, que ne puis-je moi-même
   Brûler de ton sublime amour !

5. Du moins, zélé dans son service,
   Que ma bouche affirme ma foi,
   Que mon cœur, se gardant du vice,
   Accepte le joug de sa loi.

6. Tu bénis mon humble prière ;
   Oui, je sens mes pas affermis ;
   Grâce à ton appui tutélaire,
   Je vaincrai tous mes ennemis.

N° **41,**

LE SERMENT.

Vivit Dóminus... sive in morte, sive
in vita, ibi erit servus tuus.
(2 Reg. 15, 21.)

Arnoud.

COUPLET.

Moderato. *largamente.*

En quittant ce sanctu _ ai _ re, Pè _ le _
_ rin, fais un ser _ ment. Donne à Dieu ta vie en _
_ tiè _ re, Par un saint en _ ga _ ge _ ment.

REFRAIN.

Di _ vin Maî _ tre, Tout mon
ê _ tre Vous ap _ partient sans re _ tour, Je m'en _
_ ga _ ge Sans par _ ta _ ge, A Jé _ sus tout mon a _
_ mour, A Jé _ sus tout mon a _ mour!

2. Celui que dans cette enceinte
   Le ciel fit naître autrefois,
   M'apprend à servir sans crainte
   JÉSUS-CHRIST le Roi des rois.

3. Vive Jésus! c'est mon Maître.
   Vive Jésus! c'est mon Roi.
   Heureux qui peut le connaître!
   Heureux qui vit sous sa loi!

4. Non, les clameurs de l'impie
   Contre moi ne peuvent rien ;
   Jusqu'à la fin de ma vie
   Je me montrerai chrétien.

5. Que le monde entier l'apprenne :
   Fallût-il donner mon sang,
   Je descendrai dans l'arène
   Intrépide, triomphant.

6. Je le sais, je suis fragile,
   Mais Dieu même est mon espoir ;
   L'homme à la grâce docile
   Accomplira son devoir.

7. Saint Bernard, si ma faiblesse
   Devait trahir ce serment,
   Qu'en répétant ma promesse
   J'expire dès ce moment.

N° 42

DERNIÈRE PRIÈRE A MARIE.

Non dimittam te, nisi benedixeris mihi.
(Gen. 32, 26.)

COUPLET.

Loin du saint lieu, cé_leste et tendre Mè_re, Dans un ins_tant je vais por_ter mes pas; E_coute en_co_re, écoute u_ne pri_è_re, Vierge, à mes vœux ne te re_fu_se_pas

REFRAIN.

Reine de grâ_ce, à mon âme ex_i_lé_e Daigne accor_der ce pré_ci_eux bien_fait: Viens me bé_nir, ô Vierge imma_cu_

_lé . e, Et ton en _ fant   ne t'ou.blie_ra   ja _

_mais,   Et ton en. fant   ne t'oubliera   ja_mais.

2. Oh ! quel bonheur quand la main d'une mère
   Sur notre front s'étend pour nous bénir !
   C'est pour nos cœurs le gage salutaire
   Des plus beaux jours, du plus doux avenir.

3. Quand tu bénis, toi, la Divine Mère,
   Que de trésors découlent de ta main !
   Quels flots d'amour, quels rayons de lumière
   Le ciel alors verse dans notre sein !

4. Oui, comble-moi, comble-moi, tendre Mère,
   De tous les dons qui forment les élus ;
   Je veux marcher dans la sainte carrière
   Et de Bernard retracer les vertus.

Nº 43.

LA SAINTE VIERGE BÉNIT LES PÈLERINS.

Benedicétur qui timet Dóminum.
(Ps. 127, 4.)

J. Haydn.

COUPLET.

Allegretto.

Ô mes enfants, oui je-suis votre mère, Sous ce doux nom invo-quez-moi toujour; Vous ne sau-riez vivre un jour sur la ter-re Sans é-prou-ver mon ma-ter-nel-a-mour; Mais quel se-ra le prix de ma tendresse, Que rendrez-vous pour les bienfaits re-çus? Oh! gardez bien votre sain-te pro-mes-se, Enfants ché-ris, aimez, aimez Jé-sus.

REFRAIN.

Oui, quel se _ ra le prix de sa ten _

_ dresse, Que rendrons-nous pour les bienfaits reçus ?

Nous gar _ de _ rons no _ tre sain _ te pro _ mes _ se,

Rei _ ne des cieux, nous ai _ merons Jé _ sus

2. Vous demandez, heureux sous ma tutelle,
   Que sur vos fronts s'étende encore ma main,
   Et qu'un bienfait, une grâce nouvelle,
   Vienne répondre aux vœux du Pélerin.
   Voulez-vous donc épuiser ma largesse,
   Etre bénis, comblés de plus en plus ?
   Oh ! gardez bien votre sainte promesse,
   Enfants chéris, aimez, aimez Jésus.

Refrain.

Oui, nous voulons épuiser sa largesse,
Etre bénis, comblés de plus en plus ;
Nous garderons notre sainte promesse,
Reine des cieux, nous aimerons Jésus.

3. Chantez, chantez dans vos hymnes de gloire
Le plus zélé de tous mes serviteurs;
Mais en venant célébrer sa mémoire,
A son berceau ranimez vos ardeurs.
D'aimer mon Fils son exemple vous presse;
De saint Bernard imitez les vertus;
Oh! gardez bien votre sainte promesse,
Enfants chéris, aimez, aimez Jésus.

Refrain.

Oui, d'aimer Dieu son exemple nous presse;
De saint Bernard imitant les vertus,
Nous garderons notre sainte promesse,
Reine des cieux, nous aimerons Jésus.

4. Vous enviez la faveur signalée
Qu'à ce grand Saint valut son tendre amour,
Ses yeux ont vu la Vierge immaculée
Venir à lui dès ce mortel séjour.
Désirez-vous, partageant son ivresse,
Me voir enfin avec tous les élus?
Oh! gardez bien votre sainte promesse,
Enfants chéris, aimez, aimez Jésus.

Refrain.

Oui, nous voulons partager son ivresse
Et voir Marie avec tous les élus;
Nous garderons notre sainte promesse,
Reine des cieux, nous aimerons Jésus.

5. Mais il vous faut quitter le sanctuaire
   Et la colline où naquit saint Bernard.
   Courbez vos fronts, la main de votre Mère
   Va vous bénir avant votre départ.
   Puisse le vœu que mon cœur vous adresse
   Jamais chez vous n'essuyer de refus !
   Oh ! gardez bien votre sainte promesse,
   Enfants chéris, aimez, aimez Jésus.

Refrain.

Non, non, le vœu que son cœur nous adresse
Jamais chez nous n'essuiera de refus ;
Nous garderons notre sainte promesse,
Reine des cieux, nous aimerons Jésus.

N° **44.**

L'HEURE DU DÉPART.

Novissima hora est.

REFRAIN.

A_dieu, Col _ li _ ne ve _ ne _ ré _ e, Où Dieu fit naî_tre saint Bér_nard; Heureux sé_jour, ter_re sa_cré _ e, A_dieu, c'est l'heu _ re

FIN

du départ, Adieu, c'est l'heu_re du dé_part.

COUPLET:

Oh! qu'il nous é _ tait doux d'offrir notre pri_è_re U_nis dans le saint

lieu! Mais il nous faut quit ter ce bé _ni sanc _ tu _

_ai _ _ re, Il faut _ lui _ dire. a _ dieu!

rall.

D. C.

2. Quel transport de bonheur, quelle sainte allégresse
   Eclatait au matin !
   Les fronts en ce moment se voilent de tristesse,
   Du jour voici la fin.

3. Nos voix ont entonné dans cette aimable enceinte
   Des cantiques joyeux.
   Ce soir, pieux échos, redites une plainte,
   C'est le chant des adieux.

4. Asile protecteur, ton ombre salutaire
   Versait en nous la paix.
   Nous quittons à regret ton abri tutélaire
   Pour nous si plein d'attraits.

5. Mais en vain voudrais-tu, séduisante demeure,
   Encor nous retenir;
   De ce jour va bientôt briller la dernière heure,
   Il faut, il faut partir!

N° 45.

LE CHANT D'ADIEU.

Ibi.... cor erit.
(Luc, 12, 34.)

Echos de Massabielle.

Moderato.

COUPLET.

Il's vont quit_ter l'aï_ma_ble sanc_tu
_aï _ re, O saint Ber_nard, bé_nis tes Pé _ le
_rins, Viens les cou _vrir de ton bras tu _ té
_laï _ re, Partout, toujours proté_ge leurs des _tins.

REFRAIN.

Dou _ ce Cha_pel _ le, A _ dieu, a_
_dieu! Jamais mon cœur fi _ dè _ le N'oubliera ce saint

lieu! Dou - ce Cha - pel - le, A - dieu, a -
- dieu! Ja - mais mon cœur fi -
- dè - le N'ou - blie - ra ce saint lieu! Dou - ce Cha -
- pel - le, A - dieu, a - dieu!

2. Ici nos yeux ont répandu des larmes,
   Larmes d'amour, d'espoir et de bonheur.
   Ici notre âme a savouré les charmes
   Qu'on goûte auprès des élus du Seigneur.

3. Ici Bernard a reçu nos prières;
   Sur son autel sont deposés nos vœux.
   Nous retournons au sein de nos misères,
   Mais lui sur nous veille du haut des cieux.

4. De ses bienfaits, de ses vertus sublimes
   Gardons toujours le vivant souvenir
   Et, du devoir généreuses victimes,
   Assurons-nous un heureux avenir.

5. Nous reviendrons au pied de cette image,
   Nous reviendrons sous ce toit bien-aimé,
   A saint Bernard offrir encor l'hommage,
   Le tendre amour d'un cœur qu'il a charmé.

6. Mais du coteau nos pas suivent la pente;
   Les Pèlerins s'éloignent attristés
   Et, suspendant parfois leur marche lente,
   Veulent revoir les murs qu'ils ont quittés.

7. Que voyons-nous couronnant la colline,
   Demi-voilé par la Maison de Dieu?
   C'est le château dont l'aspect se dessine
   Et qui nous dit comme un dernier adieu.

8. Pour toi du moins, Colline fortunée,
   Qui réjouis notre lointain regard,
   Sol consacré, terre prédestinée,
   Redis toujours le nom de saint Bernard.

   Sainte Colline,
   Adieu! adieu!
   Le Pèlerin chemine
   Et tu fuis, ô saint lieu !
   Sainte Colline,
   Adieu! adieu

SECONDE PARTIE

———

CHANTS LATINS

CHANTS LATINS

EN L'HONNEUR DE SAINT BERNARD.

N° 1.

LITANIES DE SAINT BERNARD [1].

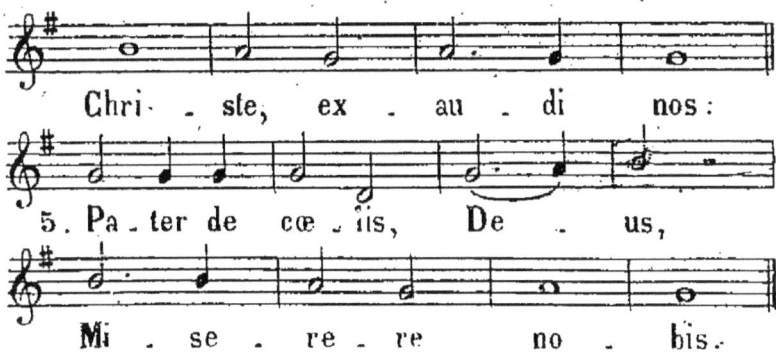

Chri - ste, ex - au - di nos :

5. Pa - ter de cœ - lis, De - us,

Mi - se - re - re no - bis.

6. Fili, redémptor mundi, Deus, miserére nobis.
7. Spíritus Sancte, Deus, miserére nobis.
8. Sancta Trínitas, unus Deus, miserére nobis.

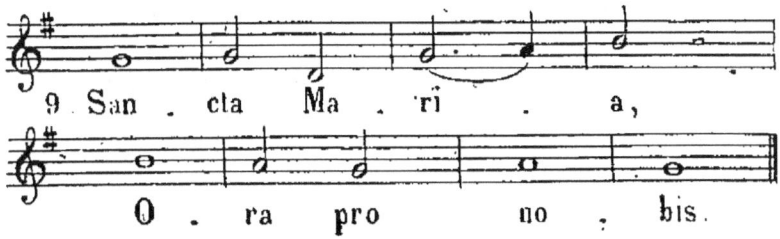

9 San - cta Ma - ri - a,

O - ra pro no - bis.

10. Sancta Dei Génitrix, ora pro nobis.
11. Sancta Virgo Vírginum, ora pro nobis.
12. Sancte Bernárde, ora pro nobis.

13. Sancte Bernar - de, e - lecte ab u - te - ro.

14. Sancte Bernárde, fili sanctórum gloriosíssime,
15. Sancte Bernárde, Passiónis Christi cultor exímie,
16. Sancte Bernárde, supérnis apparitiónibus illustráte,
17. Sancte Bernárde, divínis revelatiónibus illumináte,
18. Sancte Bernárde, vitæ innocéntiâ ángele,
19. Sancte Bernárde, futurórum prænotióne prophéta,
20. Sancte Bernárde, verbi divíni prædicatióne apóstole,

Ora pro nobis.

21. Sancte Bernárde, córporis mortificatióne martyr,
22. Sancte Bernárde, fidéi zelo conféssor,
23. Sancte Bernárde, mentis et córporis puritáte virgo,
24. Sancte Bernárde, apostólicæ sedis intrépide deténsor,
25. Sancte Bernárde, ecclesiásticæ libertátis propugnátor invictíssime,
26. Sancte Bernárde, in concíliis árbiter et censor æquíssime,
27. Sancte Bernárde, Ecclésiæ lingua et oráculum,
28. Sancte Bernárde, præsulum magíster inclyto,
29. Sancte Bernárde, schismatum pacificátor,
30. Sancte Bernárde, hærésium evérsor,
31. Sancte Bernárde, inter dissidéntes pacis mediátor,
32. Sancte Bernárde, páuperum nutrítie et consolátor,
33. Sancte Bernárde, infirmórum valetúdo,
34. Sancte Bernárde, Collis Fontanénsis decus et lumen,
35. Sancte Bernárde, Burgúndiæ protéctor augustíssime,
36. Sancte Bernárde, Gálliæ ornaméntum præclaríssimum,
37. Sancte Bernárde, totíus orbis miráculum,
38. Sancte Bernárde, apud Jesum ejúsque matrem intercéssor efficacíssime,

Ora pro nobis.

39. Ut veram pœ_ni_tén_ti_am no_bis im_petrá_re di__gne_ris, Te ro_ga_mus, au_di nos.

40. Ut congregatiónes tibi obséquio devótas tua intercessióne conserváre et augére dignéris,
41. Ut sanctæ Ecclésiæ cunctóque pópulo christiáno pacem et incolumitátem impetráre dignéris,
42. Ut Summo Pontífici nostro N. et Antístiti nostro N. cæterísque prælátis spíritum divínæ grátiæ impetráre dignéris.

Te rogámus, audi nos.

43. Ut sincéram devotiónem in Deíparam nobis impetráre dignéris,

44. Ut virtútes, quibus divinis aspéctibus frui mercámur, nobis impetráre dignéris,

45. Ut in artículo mortis nobis véniam impetráre dignéris,

46. Ut peccatórum, hæreticórum et impiórum conversiónem et salútem impetráre dignéris,

47. Ut ómnibus fidélibus defúnctis réquiem ætérnam impetráre dignéris,

48. Ut nos exaudíre dignéris,

Te rogámus, audi nos.

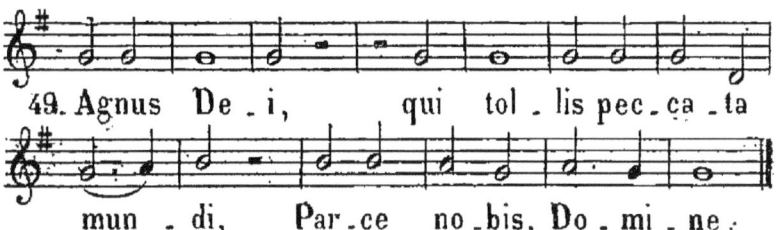

49. Agnus De _ i, qui tol _ lis pec _ ca _ ta mun _ di, Par _ ce no _ bis, Do _ mi _ ne.

50. Agnus Dei, qui tollis peccáta mundi, exáudi nos, Dómine.

51. Agnus Dei, qui tollis peccáta mundi, miserére nobis.

52. Chri _ ste, au _ di nos, Chri _ ste, ex _ au _ di nos _

℣. Ora pro nobis, beáte Bernárde ;

℟. Ut digni efficiámur promissiónibus Christi.

ORÉMUS.

Deus, qui pópulo tuo ætérnæ salútis beátum Bernárdum minístrum tribuísti : præsta, quæsumus, ut, quem Doctórem vitæ habúimus in terris, intercesórem habére mereámur in cœlis. Per Christum Dóminum nostrum,

℟. Amen.

(1) Aucun indice n'autorise à penser que ces Litanies aient été d'un usage général dans l'Ordre de Citeaux, ni même dans la Congrégation des Feuillants ; leur caractère *local* porte au contraire à croire qu'elles ont été composées pour louer saint Bernard *au lieu même de sa naissance,* alors que le culte du saint docteur y fut établi définitivement, dans le courant du 16ᵉ siècle. On les trouve imprimées avec un Petit Office du Saint, à la suite du *Sommaire de la Vie de saint Bernard,* Dijon, 1653.

N° 2.

Autre chant pour les Litanies.

1. Kyrie, eleison. Kyrie, eleison.
2. Christe, eleison. Christe, eleison.
3. Kyrie, eleison. Kyrie, eleison.
4. Christe, audi nos. Christe, exaudi nos.
5. Pater de cœlis, Deus. Miserere nobis.
6. Fili, redemptor mundi, Deus. Miserere nobis.
7. Spiritus Sancte, Deus, miserere nobis.
8. Sancta Trinitas, unus Deus, miserere nobis.
9. Sancta Maria, Ora pro nobis.
10. Sancta Dei Genitrix, Ora pro nobis.

(Ainsi de suite, jusqu'à la 38ᵉ invocation (paire).

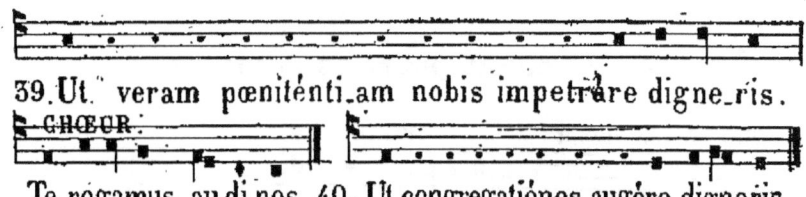

39. Ut veram pœniténti_am nobis impetráre digne_ris.

CHŒUR.

Te rogamus, au_di_nos. 40. Ut congregatiónes augére digneris.

(Ainsi de suite, jusqu'à la 48ᵉ invocation (paire).

Impaire.

49. Agnus Dei, qui tollis peccáta mundi, parce nobis, Dómine.

Paire.

50. Agnus Dei, qui tollis peccáta mundi, exáudi nos, Dómine.

Impaire.

51. Agnus Dei, qui tollis peccáta mundi, miserére nobis.

Paire, comme le n° 4.

52. Christe, audi nos, Christe, exáudi nos.

N° 3.

SANCTE BERNARDE.

N° **4** (*).

BERNARDUS, DOCTOR INCLYTUS (1).

HYMNE CISTERCIENNE DE VÊPRES.

Du 6

Ber . nardus, Do.ctor in . cly . tus, Cœ .

.los con.scen.dit ho.di . e, Quem at.tra . xit di .

.vi . ni . tus Splen.dor pa . ter.næ glo.ri . æ.

2. Exúltet cœlum láudibus
    De Bernárdi consórtio,
    Quem conjúngis cœléstibus,
    Jesu nostra redémptio.

3. Rufum dorso per cátulum
    Præfigurásti púerum
    Fore doctórem sédulum,
    Cónditor alme siderum.

4. Nascéntis ei cláruit
    Clara Christi natívitas,
    Hoc a te donum hábuit,
    O lux beáta Trínitas.

(*) On remarquera que les hymnes n° 4, n° 6, n° 8 et n° 15 sont
en plain-chant mesuré. La note caudée vaut alors deux notes com-
munes. Ailleurs elle ne marque un allongement que devant la brève.
On sait du reste que toute note, caudée ou non, s'allonge devant la
brève, et qu'à tous les repos demandant à être marqués, on donne
une durée plus longue à la syllabe qui porte l'accent, ou à l'avant-
dernière note du groupe final.

5. Arcána sacræ páginæ
   Declárat, et mystérium
   Quod effécit in Vírgine
   Deus creátor ómnium.

6. Rore perfúsum grátiæ
   Monstrat dulcor elóquii,
   Per te, fons sapiéntiæ,
   Summi largítor præmii.

7. Deténtos a dæmónibus
   Sanat, morbos languéntium
   Curat, confert doléntibus
   Magnum salútis gáudium.

8. Vita vivit felíciter
   Cum María Christifera
   Cum qua degústat dúlciter
   Ætérna Christi múnera.

9. Summæ Deus poténtiæ,
   Tibi sit laus et glória;
   Da post cursum misériæ
   Beáta nobis gáudia. Amen.

(1) Cette hymne et les deux suivantes sont tirées de l'Office de
saint Bernard, bréviaires manuscrits de l'abbaye de Clairvaux, à la
Bibliothèque de Troyes, n° 2014 (fin du 12ᵉ siècle), nᵒˢ 283, 1980,
et 2064 (commencements du 13ᵉ siècle) et nᵒˢ 1157, 1158, 1159, 1160
et 1162 (13ᵉ siècle). (Voir l'ouvrage de M. l'abbé Ch. Lalore, intitulé: *Reliques des trois tombeaux saints de Clairvaux*, Troyes, 1877.)

N° 5.

BERNARDUS INCLYTIS.

HYMNE CISTERCIENNE DE MATINES ET DE LAUDES.

A MATINES.

Bernar-dus in-cly-tis or-tus na-ta-li-bus,

Præ-cla-rus me-ri-tis, cum cla-ris fra-tri-bus,

Fu-git in ab-di-tis, pa-ter-nis o-pi-bus

Spre-tis et mun-di flo-scu-lo.

2. Latrátor strénuus factus ex útero,
   Doctor præcípuus néctare súpero,
   Vigil assíduus, sub salutifero
   Monstrátur matri cátulo.

3. Tardant vigíliæ, dormit ad óstium,
   Mox venter Maríæ prodúcit Fílium;
   Laudis homilíæ próvocant stúdium;
   Dat puer nummos clánculo.

4. Pulsánte fémina, latrónes clámitat,
   Defíxa lúmina stagno præcípitat,
   Abhórret cármina, luxum suppéditat,
   Castum se gerens sédulo.

A LAUDES.

5. Intrat Cistércium cum tricenário,
Fratris connúbium solvit relígio,
Girárdus hóstium perfóssus gládio
Liber erit cum vínculo.

6. Jussu pontíficis obédit rústico,
Oleum cálicis bibit pro thético,
Stat in verídicis corde prophético,
Rastrum coæquat ánnulo.

7. Scribit epístolam in imbris médio,
Muscæ parábolam affert extínctio,
Féminam díscolam plenam dæmónio
Curat crucis signáculo.

8. Maríæ cythara Scriptúras éxplicat
Spóliat tártara, functos vivíficat,
Necnon gens bárbara hunc sanctum prædicat
Ore, stilo, miráculo.

9. Sit laus Ingénito, decus et glória;
Ab Unigénito sit reis vénia,
Nobis Paráclito præstánte gáudia
In infiníto sæculo. Amen.

N° **6** (*).

JAM REGINA (1).

HYMNE CISTERCIENNE DE TIERCE.

2. Dulcis Regínæ gústui
   Fructus sui suávitas ;
   Dulcis ejus olfáctui
   Nardi Bernárdi sánctitas.

3. Cùm esset in accúbitu
   Fructus sapórem íntulit ;
   Cùm esset in occúbitu
   Nardus odórem óbtulit.

4. Ille dulcis accúbitus
   Propter sapórem glóriæ ;
   Ille dulcis occúbitus
   Propter odórem grátiæ.

(*) Le chant que nous donnons ici se retrouve encore à l'hymne des Complies, mais alors non mesuré.

5. Venit sponsa de Libano
   Coronánda divinitùs,
   Ut Bernárdus de clibano
   Veníret Sancti Spíritus.

6. Quæ est ista progrédiens
   Quasi auróra rútilans ?
   Quis est iste transíliens
   Colles, sanctis conjúbilans ?

7. Hæc glória terríbilis
   Sicut castrórum ácies ;
   Hic grátia mirábilis
   Ut Assuéri fácies.

8. Ora pro nobis Dóminum,
   Perdúlcis fumi vírgula ;
   Inclína Patrem lúminum,
   Pastor ardens ut fácula.

9. Glória tibi, Dómine,
   Glória Unigénito,
   Unà cum Sancto Spíritu,
   In sempitérna sæcula. Amen.

(1) Cette hymne pleine de poésie se trouve également dans un manuscrit de la Bibliothèque publique de Liège nº 112, avec cette inscription qui en précise le sens : *Epim!trum ad honórem B. M. Virginis, et B. Bernárdi sui devóti capelláni, qui infíd octávam Assumptiónis B. M. assúmptus fuit ex hoc mundo, pósitus est hymnus iste.* (Docum. sur un voyage de S. Bern. en Flandres, recueillis par le R. P. Dom Pitra, O. S B. Op. S. Bern. Vol. 4, col., 1832, Migne.)

10.

N° 7.

O QUI SUB ALTO VERTICE (1).

HYMNE MODERNE DE VÊPRES.

O qui sub al_to ver_ti_ce mon_ti_um

La_te vi_den_dam lam_pa_da præ_ci_pis Fulge_re,

cur tantam pro_fun_da Val_le si_nis la_ti_ta_re lucem?

2. Erúmpat altis ábdita sáltibus,
   Sonet per urbes plena Deo tuba:
   Bernárdus, ut compónat orbem,
   Quo látitat retegátur antro.

3. Castris relíctis huc ádeunt duces,
   Se sceptra subdunt et diadémata;
   Summúmque nutántes requírunt
   Illíus arbítrium tiáræ.

4. Quis ille pannis vilibus obsútus,
   Ultro sequéntes qui pópulos rapit,
   Jussǽque morbórum recédunt
   Cujus ad impérium cohórtes?

5. Laus summa Patri, súmmaque Fílio,
   Par laus et Illi quo duce inhóspitos,
   Deo ut vacáret totus uni,
   Hic némorum fugit in recéssus. Amen.

(1) Cette hymne et les deux suivantes sont extraites de l'Office de saint Bernard, faisant partie du *Propre* du diocèse de Dijon, imprimé par ordre de Mgr Claude Bouhier, second évêque de Dijon, chez Antoine de Fay, 1753. La forme très littéraire de ces compositions révèle la plume exercée de Santeuil, à laquelle on les attribue effectivement.

N° 8.

QUEM JUBES.

HYMNE MODERNE DE MATINES.

Quem jubes inter nemorum latebras,
Christe, desertas habitare valles,
Ille pacando repetetur olim Arbiter orbi-

2. Hæreses contra, nova monstra, surget ;
   Prístini mores renovábit ævi ;
   Tradet et seris rediviva patrum
   Dógmata sæclis.

3. E sinu matris déderat, vel infans,
   Grande virtútis spécimen futúræ ;
   Sénserat mater gravis, obstupéndis
   Térrita visis.

4. Quot tulit castus júvenis triúmphos !
   Molle gliscéntes téneros per artus
   Ut vincat flammas, glácie rigéntes
   Se dat in amnes.

5. Igne flagrábat melióre pectus ;
   Non capit sese sacer intus ardor;
   Férvidos Christi, quot erant, sodáles
       Fecit amántes.

6. Nostra te Summum célebrent Paréntem
   Ora; te Summo Génitum Parénte;
   Par sit ambórum tibi laus per omne,
       Spíritus, ævum. Amen.

N° 9.

FLECTANT ALTA TIBI.

HYMNE MODERNE DE LAUDES.

Flectant alta ti bi se ju ga mon ti um,
Val lis Cla ra; Ca sis i psa nec au de ant.
Se compo ne re parvis Regum ma gna Pa la ti a.

2. Has valles hábitant alia siléntia ;
   Nil, præter gémitus, vállibus ínsonat :
   Atténta Deus aure
   Audit vota geméntium.

3. Oblítos vídeas hic hómines suî,
   Se miris ádeo confíciunt modis :
   Hortans urget alúmnos
   Dux Bernárdus et ántcit.

4. Per soles rútilos dúraque frígora,
   Exercébat humum contínuus labor ;
   Et jejúnia longa
   Vires córporis átterunt.

5. Nescíri cúpidus cum júvenum manu,
   His Bernárdus amat vállibus ócculi,
     Silvarúmque profúndis
     Se celáre recéssibus.

6. Sacro quanta loqui discit in ótio !
   Dum nullo strépitu, voce sed íntima
     Fagos inter agréstes,
     Illi se rétegit Deus.

7. Qui lucis Pater est, glória sit Patri ;
   Qui lux ipsa Patris, glória Fílio ;
     Sacri nexus amóris
     Laus compar tibi, Spíritus. Amen.

N° 10.

O DOCTOR OPTIME.

Du 6.
UNE VOIX.

O Doctor optime, Ecclesiæ sanctæ lumen,

be..a..te Ber.nar.de, di.vi.næ. le.gis.a..ma.tor,

5..fois.

LE CHŒUR.

De.preca.re prono..bis Fi.li..um De...i.

Autre chant.

D'après Mozart.

O Doctor, o Do.ctor opti.me,

O Doctor, o Do.ctor o.pti.me,

o—— Doctor, o Do..ctor o.pti.me, Ec.

o. Doctor, o Do..ctor o.pti.me, Ec.

-cle - si - æ san - ctæ lu - men, be-

-cle - si - æ san - ctæ lu - men, be-

-a - te Ber - nar - de, be - a - te Ber - nat - de, di-

-a - te Ber - nar - de, be - a - te Ber - nar - de, di-

-vi - næ le - gis a - ma - tor,

-vi - næ le - gis a - ma - tor,

de - pre - ca - re pro no - bis,

de - pre - ca - re pro no - bis,

de - pre - ca - re Fi - li - um — De - i.

de - pre - ca - re Fi - li - um De - i.

CHANTS LATINS

ATTRIBUÉS A SAINT BERNARD.

N° 11.

JUBILUS RHYTHMICUS DE NOMINE JESU (1).

AD MATUTINUM.

Je _ su   dul _ cis   me _ mo _ ri _ a,
Dans ve _ _ ra   cor _ di gau _ di _ a,   Sed su _ per mel
et _ om _ ni _ a   E _ jus _ dul _ cis præ _ sen _ ti _ a.

2. Nil cánitur suávius,
  Nil audítur jucúndius,
  Nil cogitátur dúlcius,
  Quam Jesus Dei Filius.

3. Jesu, spes pœniténtibus,
  Quam pius es peténtibus !
  Quam bonus te quæréntibus !
  Sed quid inveniéntibus ?

4. Jesu, dulcédo córdium,
  Fons vivus, lumen méntium,
  Excédens omne gáudium
  Et omne desidérium.

5. Nec lingua valet dícere,
   Nec líttera exprímere ;
   Expértus potest crédere,
   Quid sit Jesum dilígere.

6. Jesum quæram in léctulo,
   Clauso cordis cubículo :
   Privátim et in pópulo
   Quæram amóre sédulo.

AD PRIMAM.

Cum Maria diluculo, Jesum quæram in tumulo, Clamore cordis querulo, Mente quæram, non oculo.

8. Tumbam perfúndam flétibus,
   Locum replens gemítibus ;
   Jesu provólvar pédibus,
   Strictis hærens ampléxibus.

9. Jesu, rex admirábilis
   Et triumphátor nóbilis,
   Dulcédo ineffábilis,
   Totus desiderábilis.

10. Mane nobiscum, Dómine,
    Et nos illústra lúmine,
    Pulsa mentis calígine,
    Mundum replens dulcédine.

11. Quando cor nostrum vísitas,
    Tunc lucet ei véritas,
    Mundi viléscit vánitas
    Et intus fervet cháritas.

12. Amor Jesu dulcíssimus
    Et vere suavíssimus,
    Plus míllies gratíssimus
    Quam dícere suffícimus.

13. Hoc probat ejus Pássio,
    Hoc sánguinis effúsio,
    Per quam nobis redémptio
    Datur et Dei vísio.

14. Jesum omnes agnóscite,
    Amórem ejus póscite,
    Jesum ardénter quærite,
    Quæréndo inardéscite.

15. Sic amántem dilígite,
    Amóris vicem réddite,
    In hunc odórem cúrrite
    Et vota votis réddite.

AD TERTIAM.

16. Jesu, auctor cleméntiæ
 Totíus spes lætitiæ,
 Dulcóris fons et grátiæ,
 Veræ cordis delíciæ.

17. Jesu mi bone, séntiam
 Amóris tui cópiam,
 Da mihi per præséntiam
 Tuam vidére glóriam.

18. Quum digne loqui néqueam
 De te, tamen ne sileam :
 Amor facit ut áudeam,
 Cum de te solum gáudeam.

19. Tua, Jesu, diléctio
 Grata mentis reféctio,
 Replens sine fastídio,
 Dans famem desidério.

20. Qui te gustant, esúriunt;
 Qui bibunt, adhuc sítiunt;
 Desideráre nésciunt
 Nisi Jesum quem díligunt.

21. Quem tuus amor ébriat,
 Novit quid Jesus sápiat.
 Quam felix est quem sátiat !
 Non est ultra quod cúpiat.

22. Jesu, decus angélicum,
In aure dulce cánticum,
In ore mel miríficum,
In corde nectar cœlicum.

AD SEXTAM.

23. Desídero te míllies,
Mi Jesu, quando vénies?
Me lætum quando fácies?
Me de te quando sáties?

24. Amor tuus contínuus
Mihi languor assíduus,
Mihi fructus mellífluus
Est et vitæ perpétuus.

25. Jesu, summa benígnitas,
Mira cordis jucúnditas,
Incomprehénsa bónitas,
Tua me stringat cháritas.

26. Bonum mihi dilígere
Jesum, nil ultra quærere,
Mihi prorsus defícere
Ut illi queam vivere.

27. O Jesu mi dulcíssime,
Spes suspirántis ánimæ,
Te quærunt piæ lácrymæ,
Te clamor mentis íntimæ.

28. Quocúmque loco fúero
Mecum Jesum desídero :
Quam lætus, quum invénero !
Quam felix, quum tenúero !

29. Tunc ampléxus, tunc óscula
Quæ vincunt mellis pócula ;
Tunc felix Christi cópula,
Sed in his parva mórula.

AD NONAM.

30. Jam quod quæsívi, vídeo :
Quod concupívi, téneo :
Amóre Jesu lángueo,
Et corde totus árdeo.

31. Jesus quum sic dilígitur,
Hic amor non exstínguitur ;
Non tepéscit, nec móritur,
Plus crescit et accénditur.

32. Hic amor ardet júgiter,
Dulcéscit mirabíliter,
Sapit delectabíliter,
Deléctat et felíciter.

33. Hic amor missus cælitus
Hæret mihi medúllitus,
Mentem incéndit pénitus,
Hoc delectátur spíritus.

34. O beátum incéndium,
    Et ardens desidérium;
    O dulce refrigérium,
    Amáre Dei Fílium !

35. Jesu, flos matris vírginis,
    Amor nostræ dulcédinis,
    Tibi laus, honor núminis,
    Regnum beatitúdinis.

36. Veni, veni, Rex óptime,
    Pater imménsæ glóriæ,
    Affúlge menti clárius,
    Jam exspectáte sæpius.

AD VESPERAS.

Du 3. Je_su so_le se_re_ni_or, Et bal_sa_mo su_a_vi_or, Om_ni dul_co_re dul_ci_or, Cæ_te_ris a_ma_bi_li_or

38. Cujus gustus sic ásficit,
    Cujus odor sic réficit,
    In quo mea mens déficit,
    Solus amánti súfficit.

39. Tu mentis delectátio,
Amóris consummátio ;
Tu mea gloriátio,
Jesu, mundi salvátio.

40. Mi dilécte, revértere,
Consors patérnæ déxteræ :
Hostem vicísti próspere,
Jam cœli regno frúere.

41. Sequar te quoquo íeris,
Mihi tolli non póteris,
Cum meum cor abstúleris.
Jesu, laus nostri géneris.

42. Cœli cives, occúrrite,
Portas vestras attóllite,
Triumphatóri dícite :
Ave Jesu, rex ínclyte.

AD COMPLETORIUM.

43. Rex virtútum, rex glóriæ,
Rex insígnis victóriæ,
Jesu largítor véniæ,
Honor cœléstis pátriæ.

44. Tu fons misericórdiæ,
Tu veræ lumen pátriæ;
Pelle nubem tristítiæ,
Dans nobis lucem glóriæ.

11.

45. Te cœli chorus prædicat
    Et tuas laudes réplicat;
    Jesus orbem lætíficat
    Et nos Deo pacíficat.

46. Jesus in pace ímperat
    Quæ omnem sensum súperat;
    Hanc mea mens desiderat
    Et ea frui próperat.

47. Jesus ad Patrem rédiit,
    Cœléste regnum súbiit;
    Cor meum a me trànsiit,
    Post Jesum simul ábiit.

48. Quem prosequámur laúdibus,
    Votis, hymnis et précibus,
    Ut nos donet cœléstibus
    Secum pérfrui sédibus. Amen.

(1) Le « *Júbilus rhythmicus de Nómine Jesu* » est une des compositions ordinairement attribuées à saint Bernard, dans lesquelles Dom Mabillon reconnaît le trait distinctif des œuvres du grand docteur, bien qu'il ne puisse apporter des preuves concluantes pour l'établir. La division de cette hymne, que nous reproduisons, paraît fort ancienne. Une âme pieuse peut y trouver l'aliment de ses méditations pour les différentes heures de la journée.

Les chants qui peuvent s'adapter à ce rhythme sont très-nombreux, nous en avons indiqué trois comme exemple.

N° 12.

MÊME HYMNE.

M. Ch. Poisot.

Fin.

as om _ ni _ a E _ jus dul _ cis præ _ sen _ ti _ a.

om _ ni _ a E _ jus dul _ cis præ _ sen _ ti _ a.

SOLO.

Nil ca _ ni _ tur su _ a _ vi _ us, Nil

ORGUE
ou
PIANO.

au _ di _ tur ju _ cun _ di _ us, Nil co _ gi _ ta _ tur

dul_ci_us, Quam Jesus De_i Fi_li_us.

N° 13.

RHYTHMICA ORATIO

AD *COR*

CHRISTI PATIENTIS A CRUCE PENDENTIS [1].

M. l'abbé S. Morelot.

Sum-mi Re-gis Cor a-ve-to,
Sum-mi Re-gis Cor a-ve-to,

Te sa-lu-to cor-de læ-to, Te comple-cti
Te sa-lu-to cor-de læ-to, Te comple-cti

me de-le-ctat, Et hoc me-um cor af-fe
me-de-le-ctat, Et hoc me-um —cor af-fe-

_ctat; Ut ad te lo _ quar, a_ ni _ mes.

_ctat; Ut ad te lo _ quar, a _ ni _ mes.

2. Quo amóre vincebáris,
   Quo dolóre torquebáris,
   Cum te totum exhauríres,
   Ut te nobis impartíres
   Et nos a morte tólleres!

3. O mors illa quam amára,
   Quam immítis, quam avára,
   Quæ per Cellam introívit,
   In qua mundi vita vivit,
   Te mordens, Cor dulcíssimum!

4. Propter mortem quam tulísti,
   Quando pro me defecísti,
   Cordis mei Cor diléctum,
   In te meum fer afféctum,
   Hoc est quod opto plúrimum.

5. O Cor dulce prædiléctum,
   Munda cor meum illéctum,
   Et in vanis indurátum,
   Pium fac et timorátum,
   Repúlso tetro frigore.

6. Per medúllam cordis mei,
   Peccatóris atque rei,
   Tuus amor transferátur,
   Quo cor totum rapiátur
   Languens amóris vúlnere.

7. Dilatáre, aperíre,
   Tanquam rosa fragrans mire;
   Cordi meo te conjúnge,
   Unge illud et compúnge;
   Qui amat te quid pátitur?

8. Quidnam agat nescit vere
   Nec se valet cohibére,
   Nullum modum dat amóri,
   Mùlta morte vellet mori,
   Amóre quisquis víncitur.

9. Viva cordis voce clamo,
   Dulce Cor, te namque amo:
   Ad cor meum inclináre,
   Ut se possit applicáre
   Devóto tibi péctore.

10. Tuo vivat in amóre,
    Ne dormítet in torpóre
    Ad te oret, ad te ploret,
    Te adóret, te honóret,
    Te fruens omni témpore.

11. Rosa Cordis, aperíre,
    Cujus odor fragrat mire;
    Te dignáre dilatáre,
    Fac cor meum anheláre
    In flamma desidérii.

12. Da cor Cordi sociári,
    Tecum, Jesu, vulnerári ;
    Nam cor Cordi similátur,
    Si cor meum perforátur
    Sagíttis impropérii.

13. Infer tuum intra sinum
    Cor ut tibi sit vicínúm,
    In dolóre gaudióso
    Cum defórmi specióso,
    Quod vix seípsum cápiat.

14. Hic repáuset, hic morétur,
    Ecce jam post te movétur,
    Te ardénter vult sitíre.
    Jesu, noli contraíre
    Ut bene de te séntiat. Amen.

---

(1) Ce morceau est extrait d'une hymne considérable attribuée,
par Mabillon, à saint Bernard et intitulée : « *Rhythmica orátio ad*
unum quódlibet membrórum Christi patiéntis et a cruce pendéntis. »
Une très ancienne chronique de Clairvaux rapporte que le saint
Abbé l'ayant un jour récitée devant un crucifix, l'image sacrée détacha d'elle-même ses bras de la croix et en entoura les épaules de
son dévot adorateur.

Autre chant.

Du 2.

Sum - mi Re - gis Cor a - ve - to,

Te sa - lu - to cor - de læ - to, Te comple - cti me

de - le - ctat, Et hoc me - um cor af - fe - ctat;

Ut ad te lo - quar, a - ni - mes.

N° 14.

LÆTABUNDUS (1).

SÉQUENCE.

Læ - ta - bun - dus   ex - ul - tet

fi - de - lis cho - rus,   al - le - lu - ia.

Re - gem re - gum in - ta - ctæ pro - fu - dit to - rus:

res mi - ran - da!   An - ge - lus con - si - li - i

na - tus est de Vir - gi - ne: sol de stel - la.

Sol oc - ca - sum ne - sci - ens;   stel - la sem -

- per ru - ti - lans,   sem - per cla - ra:

Si - cut si - dus ra - di - um,   pro - fert Vir -

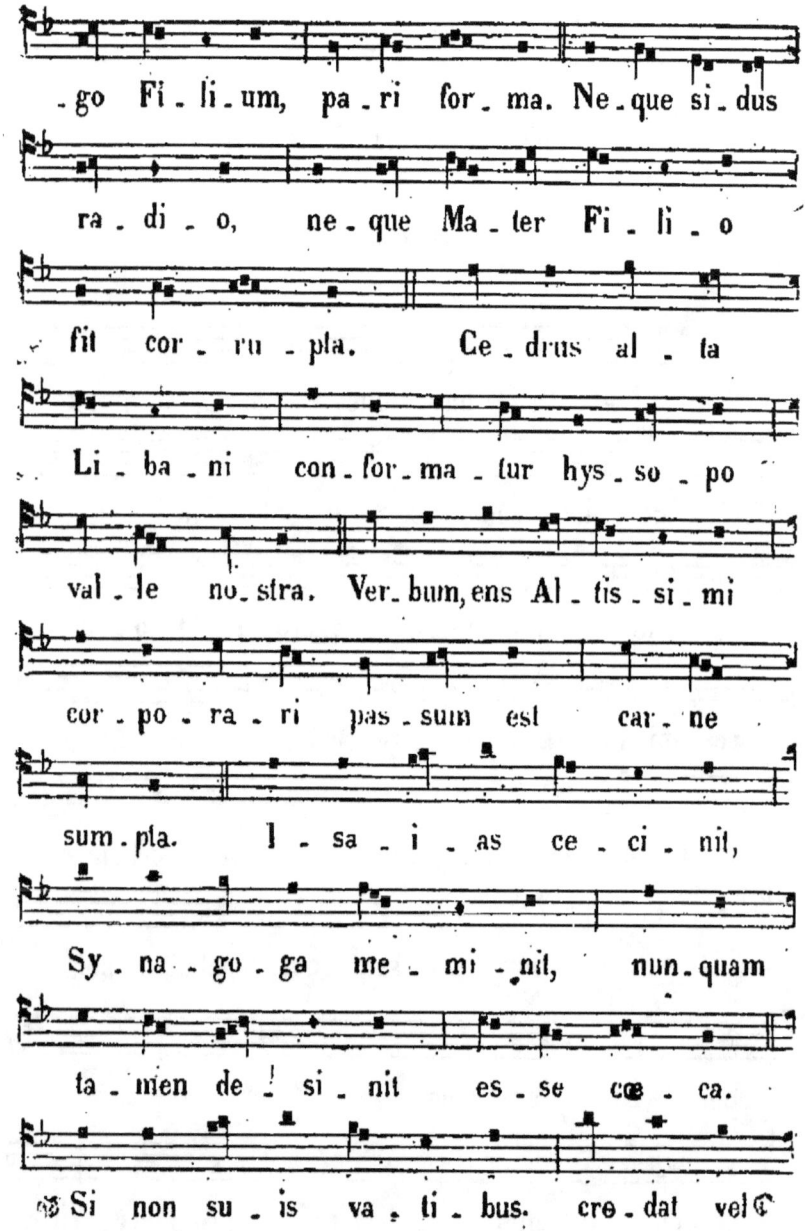

_go Fi_li_um, pa_ri for_ma. Ne_que si_dus

ra_di_o, ne_que Ma_ter Fi_li_o

fit cor_ru_pta. Ce_drus al_ta

Li_ba_ni con_for_ma_tur hys_so_po

val_le no_stra. Ver_bum, ens Al_tis_si_mi

cor_po_ra_ri pas_sum est car_ne

sum_pta. I_sa_i_as ce_ci_nit,

Sy_na_go_ga me_mi_nit, nun_quam

ta_men de_si_nit es_se cœ_ca.

Si non su_is va_ti_bus cre_dat vel

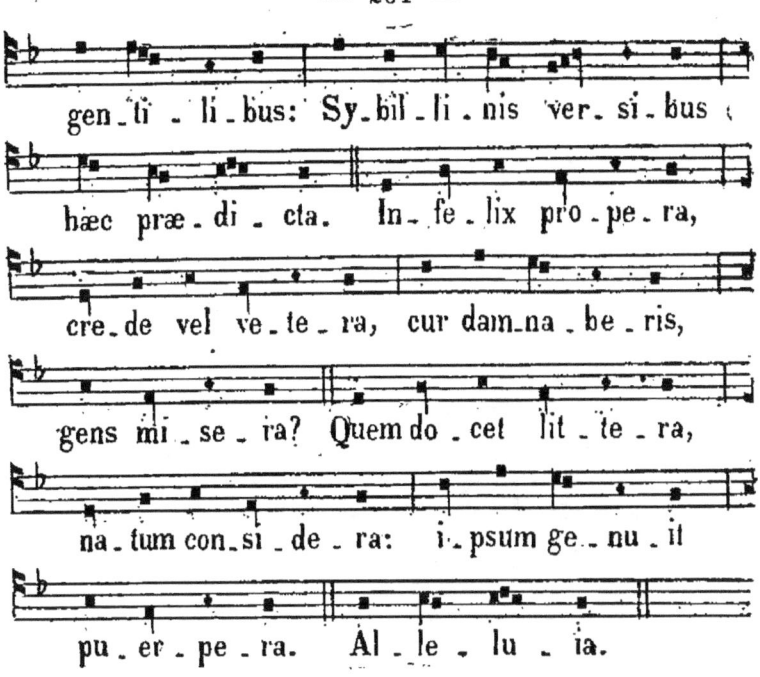

gen_ti_li_bus: Sy_bil_li_nis ver_si_bus

hæc præ_di_cta. In_fe_lix pro_pe_ra,

cre_de vel ve_te_ra, cur dam_na_be_ris,

gens mi_se_ra? Quem do_cet lit_te_ra,

na_tum con_si_de_ra: i_psum ge_nu_it

pu_er_pe_ra. Al_le_lu_ia.

(1) Si cette séquence n'est pas certainement de saint Bernard, elle exprime néanmoins d'une manière très heureuse une pensée du saint docteur : « *Ipsa (B. Virgo) namque aptíssime sideri comparátur quia sicut sine sui corruptióne sidus suum emíttit rádium, sic absque sui læsióne Virgo partúrivit Fílium. Nec sideri rádius suam mínuit claritátem, nec Vírgini Fílius suam integritátem* (Homélie 2ᵈᵉ Super Missus est).

La liturgie dominicaine marque cette prose pour le jour de Noël. En effet, l'avénement du Sauveur y est autant célébré que l'enfantement virginal de Marie.

N° 15.

O SALUTARIS VIRGO (1).

O sa - lu - ta - ris Vir - go, stel - la
ma - ris, Ge - ne - rans pro - lem, æ - qui - ta - tis
so - lem, Lu - cis au - cto - rem, re - ti - nens pu -
do - rem, Sus - ci - pe lau - dem.

2. Cœli Regína, per quam medicína
   Datur ægrótis, grátia devótis,
   Gáudium mœstis, mundo lux cœléstis,
   Spesque salútis.

3. Aula regális, Virgo speciális,
   Posce medélam nŏbis et tutélam,
   Súscipe vota, precibúsque cuncta
   Pelle molésta.

4. Virtútum chori, summo qui Rectóri
   Semper astátis atque jubilátis,
   Ovis remótæ mémores estóte,
   Nosque juváte.

5. Felíces estis pátriæ cœléstis
   Cives, cunctórum néscii malórum
   Quæ nos inféstant, miserámque præstant
       Undique vitam.

6. Unde rogámus atque supplicámus,
   Ut foveátis atque muniátis
   Vestros consérvos, quorum Rex super vos
       Cum Patre regnat.

7. Patriarchárum atque Prophetárum
   Pollens senátus díluat reátus,
   Sedens in thronis, rénitens corónis,
       Véstibus albis.

8. Ordo sanctórum nos Apostolórum
   Regat docéndo, fóveat regéndo ;
   Votis inténdant, súpplices deféndant,
       Víncula solvant.

9. Pacis augméntum poscat Innocéntûm
   Grex candidátus, quos rex perturbátus
   Jussit necári, métuens privári
       Cúlmine regni.

10. Triumphatóres, mundi qui terróres
    Fide vicérunt, glóriam sprevérunt,
    Nobis suórum præstent triumphórum
        Gáudia secum.

11. Impetret votum chorus Sacerdótum,
    Necnon cunctórum cœtus Confessórum,
    Omnes qui gratum Deo famulátum
        Exhibuérunt.

12. Grex Virginális oret ut de malis
    Sæcli præséntis, sicut et sequéntis,
    Eripiámur, et quod postulámus,
        Accipiámus.

13. Universórum cúnei Sanctórum
    Cœlo regnántes áudiant rogántes;
    Quibus adjúti mereámur uti
        Luce perénni.

14. Omnes Elécti, cómpotes effécti
    Vitæ beátæ, Dóminum rogáte,
    Nobis ut lætam donet et quiétam
        Dúcere vitam.

15. Præstet levámen nobis et juvámen
    Quo mundi fluctus gehennæque luctus
    Sic evadámus ut, quod peroptámus,
        Obtineámus.

16. Lux sempitérna, pie nos gubérna,
    Pater, ac Nate, parque deitáte,
    Spíritus Sancte, Deus unus ante
        Sæcula trinús. Amen.

(1) On pourrait intituler cette hymne « Louange à la Cour céleste. » Elle est la dernière d'un groupe de dix-huit hymnes que l'on croit composées par saint Bernard et qui portent pour inscription « *de Laudibus Virginis.* » La versification en est syllabique, au lieu d'être métrique, ce qui serait un argument en faveur de son origine cistercienne, l'usage de Cîteaux n'admettant pas le système de versification de la poésie profane (Epist. 312 S. Bern. ad Guidônem Abb. Arremarénsem).

Nº 16.

AVE MARIS STELLA (1).

M. l'abbé S. Morelot.

A _ ve   ma _ ris stel _ la, De _ i Ma _ ter al _ ma At _ que sem _ per vir _ go, Fe _ lix cœ _ li por _ ta.

2. Sumens illud Ave
   Gabriélis ore,
   Funda nos in pace,
   Mutans Evæ nomen.

3. Solve vincla reis,
   Profer lumen cæcis,
   Mala nostra pelle,
   Bona cuncta posce.

4. Monstra te esse matrem :
   Sumat per te preces,
   Qui pro nobis natus,
   Tulit esse tuus.

5. Virgo singuláris,
   Inter omnes mitis,
   Nos culpis solútos
   Mites fac et castos.

6. Vitam præsta puram ;
   Iter para tutum,
   Ut vidéntes Jesum,
   Semper collætémur.

7. Sit laus Deo Patri,
   Summo Christo decus,
   Spiritui Sancto,
   Tribus honor unus. Amen.

(1) On croit si communément que saint Bernard est l'auteur de cette pieuse composition, que nous avons cru devoir lui maintenir en quelque sorte cette possession d'état. Disons néanmoins pour être exacts que l' « *Ave Maris Stella* », au témoignage de Dom Mabillon, se trouve dans deux manuscrits de la fin du 11ᵉ siècle, par conséquent antérieurs à l'époque où saint Bernard commença à écrire, puisqu'il est né en 1091. — Le saint Abbé aimait à désigner la Mère de Dieu par le nom poétique de « *Stella Maris.* » Etoile de la mer. (Voir notamment l'Homélie, 2, super Missus est, où saint Bernard dit : *Loquámur pauca et super hoc Nómine (Maria) quod interpretátum Maris Stella dícitur.*)

N° 17.

MONSTRA TE ESSE MATREM.

pre... ces, Qui pro no...bis na... tus,

pre... ces, Qui pro no...bis na... tus,

Tu... lit es... se tu... us.

Tu... lit es... se tu... us.

12.

N° 18.

O CLEMENS,

O PIA, O DULCIS VIRGO MARIA!

M. l'abbé Richard.

N° 19.

MEMORARE.

1er SOLO du 5. Me_mo_ra_re, o pi_is_si_ma Vir_go Ma_ri_a, non es_se au_di_tum a sæ_cu_lo quemquam ad tu_a cur_rentem præ_si_di_a, tu_a implorantem _au_xi_li_a, tu_a petentem suffragi_a es_se de_re_lictum.

LE CHŒUR. Me_mo_ra_re, me_mo_ra_re, ó pi_is_si_ma Vir_go Ma_ri_a.

2e SOLO. E_go, ta_li a_ni_ma_tus con_fi_den_ti_a, ad te, Vir_go vir_gi_num, Ma_ter, cur_ro, ad te ve_ni_o, co_ram te ge_mens pec_ca_tor as_si_sto.

LE CHŒUR.

Me _ mo _ ra - re, me _ mo _ ra _ re etc

3e SOLO.

No _ li, Ma _ ter Ver _ bi, ver _ ba me _ a

de _ spi _ ce _ re, sed au _ di pro _ pi _ ti _ a et ex _ au _ di.

LE CHŒUR.

Me _ mo _ ra - re, me _ mo _ ra _ re etc

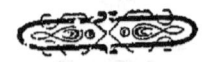

Autre chant.

1er SOLO du 5.

Me_mo_ra_re, me_mo_ra_re,

o pi_is_si_ma Vir_go Ma_ri_a,

LE CHŒUR.

Me_mo_ra_re etc.

2° SOLO.

Non es_se au_di_tum a sæ_cu_lo

_quemquam ad tu_a cur_ren_tem præ_si_di_a,

tu_a im_plo_ran_tem au_xi_li_a,

tu_a pe_ten_tem suf_fra_gi_a

es_se de_re_li_ctum.

LE CHŒUR.

Me_mo_ra_re etc.

3e SOLO.

E_go, ta_li a_ni_ma_tus

con _ fi _ den _ ti _ a, ad te, Vir _ go Vir _ gi _ num,

Ma _ ter, cur _ ro, ad te ve _ ni _ o, co _ ram te

ge _ mens pec _ ca : tor as _ si _ sto.

LE CHŒUR.

Me _ mo _ ra _ re etc.

4ᵉ SOLO.

No _ li, Ma _ ter Ver _ bi, ver _ ba me _ a

de _ spi _ ce _ re sed au _ di pro _ pi _ ti _ a et ex _ au _ di,

sed au _ di pro _ pi _ ti _ a et ex _ au _ di.

LE CHŒUR.

Me _ mo _ ra _ re etc.

MOTET

EN L'HONNEUR DE N.-D. DE TOUTES LES GRACES.

N° 20.

QUÆ EST ISTA.

M. l'abbé Richard.

- ri - a, ec - ce ex - al - ta - ta es su - per - om - nes cho - ros an - ge - lo - rum.

3e SOLO.

un poco più animato.

O quan - ta ti - bi con - ces - sa po - te - stas; Chri - sto pro - xi - ma, re - gi - na se - des! O vir - go po - tens, o vir - go po - tens, au - di vo - ta tu - o - rum, vo - ta tu - o - rum..

APPENDICE

MESSE DE SAINT BERNARD.

Le Prêtre, au pied de l'Autel, fait le signe de la Croix.

IN nómine Patris, et Fílii, et Spíritus sancti. Amen.

℣. Introíbo ad altáre Dei,

℟. Ad Deum qui lætíficat juventútem meam.

JUDICA me, Deus, et discérne causam meam de gente non sancta: ab hómine iníquo et dolóso érue me.

℟. Quia tu es, Deus, fortitúdo mea. Quare me repulísti? et quare tristis incédo, dum afflígit me inimícus?

℣. Emítte lucem tuam et veritátem tuam; ipsa me deduxérunt et adduxérunt in montem sanctum tuum et in tabernácula tua.

℟. Et introíbo ad altáre Dei, ad Deum qui lætíficat juventútem meam.

℣. Confitébor tibi in cíthara, Deus, Deus meus. Quare tristis es, ánima mea? et quare contúrbas me?

AU nom du Père, et du Fils, et du Saint-Esprit. Ainsi soit-il.

℣. Je m'approcherai de l'autel de Dieu,

℟. Du Dieu qui remplit de joie ma jeunesse.

JUGEZ-MOI, Seigneur, et séparez ma cause d'avec celle de la nation qui n'est pas sainte; délivrez-moi de l'homme injuste et trompeur.

℟. Parce que c'est vous, mon Dieu, qui êtes ma force. Pourquoi m'avez-vous repoussé? et pourquoi marché-je triste, pendant que mon ennemi m'afflige?

℣. Envoyez votre lumière et votre vérité; ce sont elles qui m'ont conduit et introduit sur votre montagne sainte, et dans vos tabernacles.

℟. Et je m'approcherai de l'autel de Dieu, du Dieu qui remplit de joie ma jeunesse.

℣ Je chanterai vos louanges sur la harpe, ô mon Seigneur et mon Dieu! Mon âme, pourquoi êtes-vous triste? et pourquoi me troublez-vous?

℟. Espérez en Dieu ; car je lui rendrai encore des actions de grâces : il est mon Sauveur, il est mon Dieu.

℣. Gloire soit au Père, et au Fils, et au Saint-Esprit.

℟. A présent et toujours, comme dès le commencement, et dans tous des siècles des siècles. Ainsi soit-il.

℣. Je m'approcherai de l'autel de Dieu,

℟. Du Dieu qui remplit de joie ma jeunesse.

℣. Notre secours est dans le nom du Seigneur,

℟. Qui a fait le ciel et la terre.

℟. Spera in Deo ; quóniam adhuc confitébor illi : salutáre vultus mei et Deus meus.

℣. Glória Patri, et Filio, et Spirítui sancto.

℟. Sicut erat in princípio, et nunc, et semper, et in sæcula sæculórum. Amen.

℣. Introíbo ad altáre Dei,

℟. Ad Deum qui lætíficat juventútem meam.

℣. Adjutórium nostrum in nómine Dómini,

℟. Qui fecit cœlum et terram.

Le Prêtre dit le CONFITEOR, *et l'on répond :*

QUE Dieu tout-puissant vous fasse miséricorde, et qu'après vous avoir pardonné vos péchés, il vous conduise à la vie éternelle.

℟. Ainsi soit-il.

JE confesse à Dieu tout-puissant, à la bienheureuse Marie toujours vierge, à saint Michel Archange, à saint Jean-Baptiste, aux apôtres saint Pierre et saint Paul, à tous les saints, et à vous, mon père, que j'ai beaucoup péché en pensées, en paroles et en actions : par ma faute, par ma faute, par ma très grande faute. C'est pourquoi je supplie la bienheureuse Marie toujours vierge, saint Michel Archange, saint Jean-Baptiste, les apôtres saint Pierre et saint Paul, tous les

MISEREATUR tui omnípotens Deus, et, dimíssis peccátis tuis, perdúcat te ad vitam ætérnam.

℟. Amen.

CONFITEOR Deo omnipoténti, beátæ Maríæ semper vírgini, beáto Michaéli Archángelo, beáto Joánni Baptistæ, sanctis apóstolis Petro et Paulo, ómnibus sanctis, et tibi, pater, quia peccávi nimis cogitatióne, verbo et ópere : mea culpa, mea culpa, mea máxima culpa. Ideo precor beátam Maríam semper vírginem, beátum Michaélem Archángelum, beátum Joánnem Baptistam, sanctos apóstolos Petrum et Paulum, omnes sanctos, et te, pater, oráre pro me ad Dóminum Deum nostrum.

saints, et vous, mon père, de prier pour moi le Seigneur notre Dieu.

Le Prêtre prie pour les assistants et pour lui-même.

Misereatur vestri omnípotens Deus, et, dimissis peccátis vestris, perdúcat vos ad vitam ætérnam.

℟. Amen.

Que Dieu tout-puissant vous fasse miséricorde, et que, vous ayant pardonné vos péchés, il vous conduise à la vie éternelle.

℟. Ainsi soit-il.

Indulgentiam, absolutiónem, et remissiónem peccatórum nostrórum tríbuat nobis omnípotens et miséricors Dóminus.

℟. Amen.

℣. Deus, tu convérsus vivificábis nos.

Que le Seigneur tout-puissant et miséricordieux nous accorde le pardon, l'absolution et la rémission de nos péchés.

℟. Ainsi soit-il.

℣. O Dieu, vous vous tournerez vers nous, et vous nous donnerez la vie.

℟. Et plebs tua lætábitur in te.

℣. Osténde nobis, Dómine, misericórdiam tuam.

℟. Et salutáre tuum da nobis.

℣. Dómine, exáudi oratiónem meam.

℟. Et clamor meus ad te véniat.

℣. Dóminus vobíscum.

℟. Et cum spíritu tuo.

℟. Et votre peuple se réjouira en vous.

℣. Montrez-nous, Seigneur, votre miséricorde.

℟. Et donnez-nous votre salut.

℣. Seigneur, écoutez ma prière.

℟. Et que mes cris s'élèvent jusqu'à vous.

℣. Que le Seigneur soit avec vous.

℟. Et avec votre esprit.

Le Prêtre, montant à l'Autel, dit à voix basse :

Aufer a nobis, quæsumus, Dómine, iniquitátes nostras, ut ad Sancta sanctórum puris mereámur méntibus introíre. Per Christum Dóminum nostrum. Amen.

Seigneur, effacez, s'il vous plaît, nos péchés, afin que nous approchions du Saint des saints avec une entière pureté de cœur. Par Jésus-Christ Notre-Seigneur. Ainsi soit-il.

Le Prêtre, baisant l'Autel, dit à voix basse :

Oramus te, Dómine, per mérita sanctórum tuó-

Nous vous prions, Seigneur, par les mérites

des saints dont les reliques sont ici, et de tous les saints, de daigner nous pardonner nos péchés. Ainsi soit-il.

Intr. Le Seigneur lui a ouvert la bouche pour parler au milieu de l'assemblée des fidèles ; il l'a rempli de l'esprit de sagesse et d'intelligence, et l'a revêtu d'un vêtement de gloire. *Ps.* Il est bon de louer le Seigneur, et de chanter des cantiques en l'honneur de votre nom, ô Très-Haut. Gloire,.. Le Seigneur...

rum, quorum relíquiæ hic sunt, et ómnium sanctórum, ut indulgére dignéris ómnia peccáta mea. Amen.

Intr. In médio Ecclésiæ apéruit os ejus, et implévit eum Dóminus spíritu sapiéntiæ et intelléctùs, stolam glóriæ induit eum. *Ps.* Bonum est confitéri Dómino, et psállere nómini tuo, Altíssime. Glória Patri.., In médio...

Après l'introït, le Prêtre et les assistants disent alternativement.

Seigneur, ayez pitié de nous.

Seigneur, ayez pitié de nous.

Seigneur, ayez pitié de nous.

Christ, ayez pitié de nous.

Christ, ayez pitié de nous,

Christ, ayez pitié de nous.

Seigneur, ayez pitié de nous.

Seigneur, ayez pitié de nous.

Seigneur, ayez pitié de nous.

Kyrie, cléison.

Kyrie, eléison.

Kyrie, eléison.

Christe, eléison.

Christe, eléison,

Christe, eléison.

Kyrie, eléison.

Kyrie, eléison.

Kyrie, eléison.

Gloire à Dieu dans le ciel : Et paix sur la terre aux hommes de bonne volonté. Nous vous louons. Nous vous bénissons. Nous vous adorons. Nous vous glorifions. Nous vous rendons grâces, dans la vue de votre gloire infinie. Seigneur Dieu Roi du ciel, Dieu Père toutpuissant. Seigneur Jésus-Christ, Fils unique de Dieu.

Gloria in excélsis Deo : Et in terra pax homínibus bonæ voluntátis. Laudámus te. Benedícimus te. Adorámus te. Glorificámus te. Grátias ágimus tibi, propter magnam glóriam tuam. Dómine Deus, Rex cœléstis, Deus Pater omnípotens. Dómine, Fili unigénite, Jesu Christe. Dómine

Deus, Agnus Dei, Fílius Patris, Qui tollis peccáta mundi, miserére nobis. Qui tollis peccáta mundi, súscipe deprecatiónem nostram. Qui sedes ad déxteram Patris, miserére nobis. Quóniam tu solus Sanctus; tu solus Dóminus; tu solus Altíssimus, Jesu Christe, cum sancto Spiritu, in glória Dei Patris. Amen.

℣. Dóminus vobíscum.

℟. Et cum spíritu tuo.

Or. Deus, qui pópulo tuo ætérnæ salútis beátum Bernárdum minístrum tribuísti: præsta, quæsumus, ut, quem Doctórem vitæ habúimus in terris, intercessórem habére mereámur in cœlis. Per Dóminum...

Seigneur Dieu, Agneau de Dieu, Fils du Père. Vous qui effacez les péchés du monde, ayez pitié de nous. Vous qui effacez les péchés du monde, recevez notre prière. Vous qui êtes assis à la droite du Père, ayez pitié de nous. Car vous êtes le seul Saint, le seul Seigneur, le seul Très-Haut, ô Jésus-Christ, avec le Saint-Esprit, dans la gloire de Dieu le Père. Ainsi soit-il.

℣. Que le Seigneur soit avec vous.

℟. Et avec votre esprit.

Or. O Dieu, qui avez instruit votre peuple du salut éternel, par le ministère du bienheureux Bernard : faites, s'il vous plaît, que, l'ayant eu sur la terre pour Docteur et pour guide, nous méritions de l'avoir pour intercesseur dans le ciel. Par N.-S....

ÉPITRE.

Léctio libri Sapiéntiæ. *Eccli.*, 39.

Justus cor suum tradet ad vigilándum dilúculo ad Dóminum, qui fecit illum, et in conspéctu Altíssimi deprecábitur. Apériet os suum in oratióne, et pro delíctis suis deprecábitur. Si enim Dóminus magnus volúerit, spíritu intelligéntiæ replébit illum, et ipse tanquam imbres mittet elóquia sapiéntiæ suæ, et in oratióne confitébitur Dómino : et ipse díriget

Le juste veillera soigneusement dès le point du jour, pour s'attacher au Seigneur, qui l'a créé, et il priera en présence du Très-Haut. Il ouvrira la bouche pour prier, et il demandera pardon pour ses péchés. Car, si le Seigneur le veut, il le remplira de l'esprit d'intelligence. Et alors il répandra comme une pluie les paroles de sa sagesse, et il louera le Seigneur dans la prière. Le Seigneur le dirigera par ses conseils et ses instructions ; et lui, il méditera les secrets de Dieu. Il publiera lui-même les leçons qu'il a apprises, et il se glorifiera dans la loi de l'alliance du Seigneur. Beaucoup loueront sa sagesse, et elle ne sera jamais oubliée. Sa mémoire ne s'effacera pas, et son nom sera honoré de génération en génération. Les nations publieront sa sagesse, et on célébrera ses louanges dans les assemblées.

℟. Grâces à Dieu.

consílium ejus, et disciplínam, et in abscónditis suis consiliábitur. Ipse palam fáciet disciplínam, et in lege testaménti Dómini gloriábitur. Collaudábunt multi sapiéntiam ejus, et usque in sæculum non delébitur. Non recédet memória ejus, et nomen ejus requirétur a generatióne in generatiónem. Sapiéntiam ejus enarrábunt gentes, et laudem ejus enuntiábit Ecclésia.

℟. Deo grátias.

Grad. Le juste aura dans la bouche de sages discours, et sa langue proférera des paroles pleines d'équité. ℣. La loi de son Dieu est gravée dans son cœur, et ses pas ne seront point chancelants.

Alleluia, alleluia. ℣. Le Seigneur l'a aimé et l'a orné ; il l'a revêtu d'un vêtement de gloire. Alleluia.

Grad. Os justi meditábitur sapiéntiam, et lingua ejus loquétur judícium. ℣. Lex Dei ejus in corde ipsíus, et non supplantabúntur gressus ejus.

Allelúia, allelúia. ℣. Amávit eum Dóminus, et ornávit eum : stolam glóriæ induit eum. Allelúia.

Avant l'Évangile le Prêtre dit à voix basse :

PURIFIEZ mon cœur et mes lèvres, ô Dieu tout-puissant, qui avez purifié les lèvres du prophète Isaïe avec un charbon ardent ; qu'il vous plaise de me purifier de telle sorte, que je puisse annoncer dignement votre saint Evangile. Par Jésus-Christ Notre-Seigneur.

Ainsi soit-il.

Bénissez-moi, Seigneur.

MUNDA cor meum ac lábia mea, omnípotens Deus, qui lábia Isaíæ prophétæ cálculo mundásti ígnito ; ita me tua gratia miseratióne dignáre mundáre, ut sanctum Evangélium tuum digne váleam nuntiáre. Per Christum Dóminum nostrum. Amen.

Jube, Dómine, benedícere.

Dominus sit in corde meo et in lábiis meis, ut digne et competénter annúntiem Evangélium suum. Amen.

Que le Seigneur soit dans mon cœur et sur mes lèvres, afin que j'annonce dignement et convenablement son saint Evangíle, Ainsi soit-il.

ÉVANGILE.

℣. Dóminus vobiscum.

℞. Et cum spíritu tuo.
Sequéntia sancti Evangélii secúndum Matthæum.
℞. Glória tibi, Dómine.

℣. Que le Seigneur soit avec vous.

℞. Et avec votre esprit.
Suite du saint Evangile selon saint Matthieu.
℞. Gloire à vous, Seigneur.

In illo témpore: Dixit Jesus discípulis suis : Vos estis sal terræ. Quod si sal evanúerit, in quo saliétur? Ad nihilum valet ultra, nisi ut mittátur foras, et conculcétur ab homínibus. Vos estis lux mundi. Non potest cívitas abscóndi supra montem pósita ; neque accéndunt lucérnam et ponunt eam sub módio, sed super candelábrum, ut lúceat ómnibus qui in domo sunt. Sic lúceat lux vestra coram homínibus, ut vídeant ópera vestra bona, et gloríficent Patrem vestrum, qui in cœlis est. Nolíte putáre quóniam veni sólvere legem aut Prophétas: non veni sólvere, sed adimplére. Amen quippe dico vobis, donec tránseat cœlum et terra, ióta unum,

En ce temps-là, Jésus dit à ses disciples : Vous êtes le sel de la terre. Que si le sel s'affadit, avec quoi salera-t-on ? Il n'est plus bon qu'à être jeté dehors et foulé aux pieds par les hommes. Vous êtes la lumière du monde. Une ville située sur une montagne ne peut être cachée : et l'on n'allume point une lampe pour la mettre sous le boisseau, mais sur un chandelier, afin qu'elle éclaire tous ceux qui sont dans la maison. Ainsi, que votre lumière luise devant les hommes, afin qu'ils voient vos bonnes œuvres, et qu'ils glorifient votre Père qui est dans les cieux. Ne pensez pas que je sois venu détruire la loi ou les prophètes: je ne suis pas venu les détruire, mais les accomplir. Car je vous dis, et il est vrai, que le ciel et la terre ne passeront point, que tout ce qui est dans la loi ne soit accompli parfaitement jusqu'à un seul iota et à un seul point. Celui donc qui violera l'un de ces moindres commandements, et qui apprendra aux hommes à les violer, sera regardé dans le royaume des cieux comme le dernier ; mais celui qui fera et enseignera, sera grand dans le royaume des cieux.

aut unus apex, non præteríbit à lege, donec ómnia fiant. Qui ergo sólverit unum de mandátis istis mínimis, et docúerit sic hómines, mínimus vocábitur in regno cœlórum ; qui autem fécerit et docúerit, hic magnus vocábitur in regno cœlórum.

℟. Louange à vous, Jésus-Christ.

℟. Laus tibi, Christe.

Après l'Évangile, le Prêtre, en baisant le livre, dit :

QUE nos péchés soient effacés par les paroles du saint Évangile.

PER Evangélica dicta deleántur nostra delicta.

JE crois en un seul Dieu, Père tout-puissant, qui a fait le ciel et la terre, et toutes les choses visibles et invisibles ; et en un seul Seigneur Jésus-Christ, Fils unique de Dieu, et né du Père avant tous les siècles : Dieu de Dieu, lumière de lumière, vrai Dieu de vrai Dieu ; qui n'a pas été fait, mais engendré ; consubstantiel au Père ; par qui tout a été fait ; qui est descendu des cieux pour nous autres hommes, et pour notre salut ; qui s'est incarné en prenant un corps dans le sein de la Vierge Marie par l'opération du Saint-Esprit, et QUI S'EST FAIT HOMME ; qui a été crucifié pour nous sous

CREDO in unum Deum, Patrem omnipoténtem, factórem cœli et terræ, visibílium ómnium et invisibílium. Et in unum Dóminum Jesum Christum, Fílium Dei unigénitum, et ex Patre natum ante ómnia sæcula : Deum de Deo, lumen de lúmine, Deum verum de Deo vero ; génitum, non factum, consubstantiálem Patri, per quem ómnia facta sunt ; qui, propter nos hómines et propter nostram salútem, descéndit de cœlis ; et incarnátus est de Spíritu sancto ex María Vírgine, et HOMO FACTUS EST ; crucifíxus étiam pro nobis sub Pón-

tio Piláto, passus et se-
púltus est; et resurréxit
tértia die, secúndum
Scriptúras; et ascéndit
in cœlum, sedet ad déx-
teram Patris; et íterum
ventúrus est cum glória
judicáre vivos et mór-
tuos, cujus regni non erit
finis. Et in Spíritum sanctum Dóminum, et vivifi-
cántem, qui ex Patre Fi-
lióque procédit; qui cum
Patre et Fílio simul ado-
rátur et conglorificátur;
qui locútus est per pro-
phétas. Et unam, sanc-
tam, cathólicam et apos-
tólicam Ecclésiam. Con-
fíteor unum baptísma
in remissiónem peccató-
rum. Et expécto resur-
rectiónem mortuórum, et
vitam ventúri sæculi.
Amen.

℣. Dóminus vobíscum.

℟. Et cum spíritu tuo.

Offert. Justus ut pal-
ma florébit; sicut cedrus
quæ in Líbano est, mul-
tiplicábitur.

Ponce Pilate; qui a souffert
et qui a été mis au tombeau;
qui est ressuscité le troisième jour, selon les Ecri-
tures; qui est monté au ciel,
où il est assis à la droite du
Père; qui viendra de nou-
veau plein de gloire pour juger les vivants et les morts,
et dont le règne n'aura
point de fin. Je crois au
Saint-Esprit, qui est aussi
Seigneur, et qui donne la
vie; qui procède du Père et
du Fils; qui est adoré et
glorifié conjointement avec
le Père et le Fils; qui a parlé
par les prophètes. Je crois
l'Eglise qui est une, sainte,
catholique et apostolique.
Je confesse un baptême
pour la rémission des pé-
chés. J'attends la résurrection des morts et la vie du
siècle à venir. Ainsi soit-il.

℣. Que le Seigneur soit
avec vous.

℟. Et avec votre esprit.

Offert. Le juste fleurira
comme le palmier; il s'élè-
vera comme le cèdre du
Liban.

OBLATION DE L'HOSTIE.

Suscipe, sancte Pater, omnípotens ætérne Deus,
hanc immaculátam hós-
tiam quam ego indígnus
fámulus tuus óffero tibi,
Deo meo vivo et vero, pro
innumerabílibus peccá-
tis, et offensiónibus, et
negligéntiis meis et pro
ómnibus circumstánti-
bus; sed et pro ómnibus

Recevez, ô Père saint, Dieu
tout-puissant et éternel,
cette hostie sans tache que
je vous offre, tout indigne
que je suis de ce ministère,
comme à mon Dieu vivant
et véritable, pour mes péchés, mes offenses et mes
négligences, qui sont sans
nombre, et pour tous les assistants; je vous l'offre pour

tous les fidèles chrétiens vivants et morts, afin qu'elle soit pour eux et pour moi un gage du salut éternel. Ainsi soit-il.

fidélibus christiánis, vivis atque defúnctis; ut mihi et illis profíciat ad salútem in vitam ætérnam. Amen.

Le Prêtre met le vin et l'eau dans le calice, et dit à voix basse :

O Dieu, qui, par un miracle de votre toute-puissance, avez créé l'homme dans un si noble état, et qui l'avez rétabli dans sa dignité par une plus grande merveille; faites-nous la grâce, par le mystère de cette eau et de ce vin, d'avoir un jour part à la divinité de celui qui a daigné se revêtir de notre humanité, Jésus-Christ votre Fils, notre Seigneur. Qui, étant Dieu, vit et règne avec vous, en l'unité du Saint-Esprit, dans tous les siècles des siècles. Ainsi soit-il.

Deus, qui humánæ substántiæ dignitátem mirabíliter condidísti et mirabílius reformásti ; da nobis, per hujus aquæ et vini mystérium, ejus divinitátis esse consórtes, qui humanitátis nostræ fíeri dignátus est párticeps, Jesus Christus, Fílius tuus, Dóminus noster. Qui tecum vivit et regnat in unitáte Spíritus sancti, Deus, per ómnia sæcula sæculórum. Amen.

OBLATION DU CALICE.

Seigneur, nous vous offrons le calice du salut, suppliant votre bonté de le faire monter en odeur de suavité, en présence de votre divine majesté, pour notre salut et celui de tout le monde. Ainsi soit-il.

Nous nous présentons devant vous, Seigneur, avec un esprit d'humilité et un cœur contrit : recevez-nous, et faites que notre sacrifice s'accomplisse aujourd'hui devant vous d'une manière qui vous le rende agréable, ô Seigneur notre Dieu!

Venez, sanctificateur toutpuissant, Dieu éternel, et bénissez ce sacrifice pré-

Offerimus tibi, Dómine, cálicem salutáris, tuam deprecántes cleméntiam, ut, in conspéctu divínæ majestátis tuæ, pro nostra et totíus mundi salúte, cum odóre suavitátis ascéndat. Amen.

In spiritu humilitátis et in ánimo contríto, suscipiámur a te, Dómine; et sic fiat sacrificium nostrum in conspéctu tuo hódie, ut pláceat tibi, Dómine Deus.

Veni, sanctificátor omnípotens, ætérne Deus, et bénedic hoc sacrificium tuo sancto nómini præparátum.

paré pour la gloire de votre saint nom.

Le Prêtre lave ses doigts, et dit à voix basse :

LAVABO inter innocéntes manus meas, et circúmdabo altáre tuum, Dómine : ut áudiam vocem laudis, et enárrem univérsa mirabilia tua. Dómine. diléxi decórem domus tuæ et locum habitatiónis glóriæ tuæ. Ne perdas cum ímpiis, Deus, ánimam meam, et cum viris sánguinum vitam meam. In quorum mánibus iniquitátes sunt, déxtera eórum repléta est munéribus. Ego autem in innocéntia mea ingréssus sum : rédime me et miserére mei. Pes meus stetit in dirécto : in ecclésiis benedícam te, Dómine.

JE laverai mes mains avec les justes, et je m'approcherai de votre autel, Seigneur, afin d'entendre publier vos louanges et de raconter toutes vos merveilles. Seigneur, j'ai aimé la beauté de votre maison, et le lieu où réside votre gloire. O Dieu, ne perdez pas mon âme avec les impies, et ma vie avec les hommes de sang, qui ont des mains remplies d'injustice et la droite pleine de présents. Pour moi, j'ai marché dans l'innocence ; délivrez-moi et ayez pitié de moi ; mon pied est demeuré ferme dans la droite voie : je vous bénirai, Seigneur, dans les assemblées.

Glória Patri, et Filio, et Spirítui sancto; sicut erat in princípio, *etc.*

Gloire soit au Père, au Fils, et au Saint-Esprit; à présent et toujours, *etc.*

Le Prêtre s'incline, et dit :

SUSCIPE, sancta Trínitas, hanc oblatiónem quam tibi offérimus ob memóriam passiónis. resurrectiónis et ascensiónis Jesu Christi Dómini nostri; et in honórem beátæ Maríæ semper vírginis, et beáti Joánnis Baptistæ, et sanctórum apostolórum Petri et Pauli, et istórum, et ómnium sanctórum : ut illis profíciat ad honórem, nobis autem ad salútem; et illi pro nobis

RECEVEZ, ô Trinité sainte, cette oblation que nous vous offrons en mémoire de la passion, de la résurrection et de l'ascension de Jésus-Christ Notre-Seigneur, et en l'honneur de la bienheureuse Marie toujours vierge, de saint Jean-Baptiste, des apôtres saint Pierre et saint Paul, de ceux-ci de tous les autres saints, afin qu'elle soit à leur honneur et pour notre salut, et aussi afin qu'ils daignent dans les cieux intercéder pour nous, qui renouvelons leur mémoire sur la terre. Par le même Jésus-Christ Notre-Seigneur. Ainsi soit-il.

intercédere dignéntur in cœlis quorum memóriam ágimus in terris. Per eúmdem Christum Dóminum nostrum. Amen.

Le Prêtre baise l'autel, et dit :

P RIEZ, mes frères, que mon sacrifice, qui est aussi le vôtre, soit agréable à Dieu le Père tout-Puissant.

℟. Que le Seigneur reçoive par vos mains ce sacrifice pour l'honneur et la gloire de son nom, pour notre utilité particulière, et pour le bien de toute son Eglise sainte.

Secr. Faites, Seigneur, que le bienheureux Bernard, par ses saintes prières, vous rende nos dons agréables et nous obtienne toujours les effets de votre miséricorde. Par N.-S...

O RATE, fratres, ut meum ac vestrum sacrifícium acceptábile fiat apud Deum Patrem omnipoténtem.

℟. Suscipiat Dóminus sacrifícium de mánibus tuis, ad laudem et glóriam nóminis sui, ad utilitátem quoque nostram, totiúsque Ecclésiæ suæ sanctæ.

Secr. Sancti tui Bernárdi nobis, Dómine, pia non desit orátio, quæ et múnera nostra concíliet et tuam nobis indulgéntiam semper obtíneat. Per Dóminum...

PRÉFACE ORDINAIRE.

D ANS tous les siècles des siècles.

℟. Ainsi soit-il.
℣. Que le Seigneur soit avec vous.
℟. Et avec votre esprit.
℣. Elevez vos cœurs.
℟. Nous les tenons élevés vers le Seigneur.
℣. Rendons grâces au Seigneur notre Dieu.
℟. Il est convenable et juste.

Il est vraiment convenable et juste, il est équitable et salutaire de vous rendre grâces en tout temps et en

P ER ómnia sæcula sæculórum.

℟. Amen.
℣. Dominus vobíscum.
℟. Et cum spíritu tuo.
℣. Sursum corda.
℟. Habémus ad Dóminum.
℣. Grátias agámus Dómino Deo nostro.
℟. Dignum et justum est.

Vere dignum et justum est, æquum et salutáre, nos tibi semper et ubíque grátias ágere, Dómine sancte, Pater omnipotens, ætérne Deus, per Christum Dóminum nostrum, per quem majestátem tuam laudant Angeli, adórant Dominatiónes, tremunt Potestátes; Cœli cœlorúmque Virtútes, ac beáta Séraphim, sócia exultatióne concélebrant. Cum quibus et nostras voces ut admítti júbeas deprecámur, súpplici confessióne dicéntes : (1)

Sanctus, Sanctus, Sanctus Dóminus Deus sábaoth. Pleni sunt cœli et terra glória tua. Hosánna in excélsis.

Benedíctus qui venit in nómine Dómini; Hosánna in excélsis.

tout lieu, ô Seigneur trèssaint, Père tout-puissant, Dieu éternel, par Jésus-Christ Notre-Seigneur; c'est par lui que les Anges louent votre majesté; que les Dominations l'adorent; que les Puissances la craignent et la révèrent, et que les Cieux, les Vertus des cieux et les bienheureux Séraphins célèbrent ensemble votre gloire avec des transports de joie. Nous vous prions de permettre que nos voix s'unissent avec les leurs, en vous disant dans une humble louange :

Saint, Saint, Saint est le Seigneur, le Dieu des armées. Le ciel et la terre sont remplis de votre gloire. Hosanna au plus haut des cieux.

Béni soit celui qui vient au nom du Seigneur : Hosanna au plus haut des cieux.

PRIÈRES PENDANT LE CANON.

Agréez, ô mon Dieu, que j'élève mon esprit et mon cœur jusqu'au ciel, dans l'intention du prêtre qui célèbre et dans les desseins de Jésus-Christ votre Fils, qui dit la sainte messe avec lui et par lui. Permettez que dans ce dessein, me joignant aux adorations profondes que vous rendent toutes les hiérarchies des Anges, j'adore avec eux votre sainteté infinie, et le pouvoir souverain que vous avez sur toute créature.

Recevez, Seigneur, et bénissez ces dons saints et sanctifiants, et ce sacrifice adorable de votre Fils, que nous vous offrons par lui-même, voulant faire dans nos cœurs ce qu'il va faire sur l'autel, c'est-à-dire nous sacrifier tout à vous. Nous vous l'offrons ce sacrifice adorable de Jésus-Christ pour la paix de l'Eglise, pour

(1) Les 20, 21 et 22 août, on lit la Préface de l'Assomption, p. 239.

notre saint-père le Pape, pour notre Evêque, pour notre Souverain, pour tous les fidèles, vivants et trépassés, pour nos amis et nos ennemis, et pour ceux qui assistent avec nous à la sainte messe. Nous vous prions par Jésus-Christ, votre Fils, de nous accorder à tous les vertus, les grâces et les moyens nécessaires à notre salut.

Nous entrons dans les sentiments et dans les dispositions de la sainte Vierge, lorsqu'elle conçut dans ses chastes entrailles cet adorable Fils; des saints Apôtres, qui l'ont annoncé au monde; et des saints Martyrs, qui ont sacrifié leur vie pour soutenir les vérités de son Evangile. Faites, ô mon Dieu, que nous imitions la pureté de la sainte Vierge, le zèle des Apôtres, la foi et la constance des Martyrs, pour nous rendre dignes de croire, d'aimer et d'imiter ce Sauveur adorable que nous allons voir naître sur nos autels.

APRÈS LA CONSÉCRATION.

JE crois, Seigneur, que vous êtes, sur l'autel, le même Dieu que les Anges voient et adorent dans le ciel. Je vous adore donc, ô mon Jésus, sur l'autel où vous vous trouvez, et où vous êtes réellement en corps et en âme, avec tout le respect qui est dû à votre grandeur et à votre bonté. Oui, je crois que vous êtes mon Dieu et mon Sauveur : quelle vénération doit concevoir mon esprit pour votre grandeur infinie! Et de quelle reconnaissance mon cœur doit-il être pénétré pour cette immense bonté, qui vous anéantit pour apaiser votre Père irrité contre nous, et vous immole pour nous acquérir la vie éternelle!

O mon âme, voilà votre Dieu, plein d'amour et de tendresse pour vous! Que toutes vos pensées se tournent vers son infinie bonté! Que tout ce qui n'est pas lui disparaisse à vos yeux! Oui, mon Jésus, je vous adore comme mon Dieu; j'espère en vous comme en l'auteur de mon salut : et je vous aime comme mon Père, et le meilleur de tous les pères, puisque vous m'avez créé pour que je vous possède dans le ciel.

Souffrez, ô mon Jésus, que j'entre dans vos dispositions, que je m'unisse à vos desseins, et que j'agisse de concert avec vous pour ménager mon salut : puisque c'est pour cela que vous voulez bien vous trouver sur l'autel, c'est-à-dire, pour y continuer l'office charitable de Médiateur des hommes que vous avez exercé sur la Croix. Priez donc votre Père pour moi, ô mon Jésus; fléchissez son cœur, apaisez sa colère justement enflammée contre moi; obtenez-moi le pardon de mes péchés et la grâce de n'y plus retomber.

Père Eternel, je vous offre les plaies et le sang de votre Fils, dans les mêmes desseins qu'actuellement il vous les présente, pour me mériter la grâce de vivre et de mourir dans votre amour.

O mon Sauveur, regardez dans vos plaies sacrées les plaies invétérées de mon âme, et je suis assuré que vous trouverez plus en celles-là de quoi vous apaiser, qu'en celles-ci de quoi vous irriter.

Substituez, ô mon Jésus, votre amour en la place de mon amour-propre, comme vous venez de vous substituer en la place du pain et du vin. Changez-moi en vous, comme vous venez de les changer en vous-même: opérez en moi cette nouvelle création qui, me faisant mourir à moi-même, me fasse vivre de Dieu et pour Dieu. Quel bonheur si Jésus est ma vie, et si je meurs à moi-même pour ne vivre plus qu'à lui seul!

Je vous prie, Seigneur, pour le repos des âmes qui souffrent dans le purgatoire; et je vous offre ce sacrifice adorable, pour leur procurer le bonheur de vous voir et de vous posséder dans le ciel. Mais je les prie, dès maintenant, ces âmes justes et souffrantes, ainsi que tous les bienheureux, de m'obtenir auprès de votre Père, et par vous, votre crainte, votre amour, une bonne vie, une sainte mort et une heureuse éternité.

PRIONS.

PRÆCEPTIS salutáribus móniti, et divina institutióne formáti, audémus dícere.

Pater noster, qui es in cœlis; sanctificétur nomen tuum: advéniat regnum tuum; fiat volúntas tua, sicut in cœlo, et in terra; panem nostrum quotidiánum da nobis hódie; et dimítte nobis débita nostra, sicut et nos dimíttimus debitóribus nostris; et ne nos indú-

AVERTIS par le commandement salutaire de Jésus-Christ, et suivant l'instruction sainte qu'il nous a laissée, nous osons dire:

Notre Père, qui êtes dans les cieux; que votre nom soit sanctifié; que votre règne arrive; que votre volonté soit faite sur la terre comme dans le ciel; donnez-nous aujourd'hui notre pain de chaque jour: et pardonnez-nous nos offenses, comme nous pardonnons à ceux qui nous ont offensés;

et ne nous induisez point en tentation. ℞. Mais délivrez-nous du mal. Ainsi soit-il.

cas in tentatiónem. ℞. Sed libera nos a malo. Amen.

JE vous demande à vous-même, ô mon Jésus, et je demande à votre Père par vous, ce que vous nous avez appris à lui demander. Il est notre Père, un père tout bon et tout-puissant. Il sait l'état où nous sommes; il peut nous aider et il le veut : pouvons-nous douter qu'il ne le fasse? C'est assez, ô mon Dieu, que vous connaissiez nos besoins, et que par la prière nous vous demandions d'y subvenir, pour que vous le fassiez au delà même de notre espérance.

Nous vous prions donc, ô Père souverain, Père de miséricorde, et Dieu de toute consolation. de faire que nous contribuions à la sanctification de votre nom, par le bon exemple de notre vie; que le règne de votre grâce et de votre amour s'établisse dans nos âmes;

Que votre volonté soit la règle de nos actions, comme elle est le bonheur et le modèle de celles des saints; que vous nourrissiez nos âmes du pain immortel de votre parole, et du pain surnaturel du corps et du sang de Jésus-Christ votre Fils, notre Sauveur, par une bonne et fréquente communion;

Que vous nous remettiez nos offenses, comme nous les pardonnons à ceux qui nous ont offensés, et que vous vous réconciliiez avec nous, comme nous voulons nous réconcilier avec eux;

Que vous ne nous laissiez point succomber à la tentation des plaisirs, des vanités et des faux biens de cette vie;

Et qu'enfin, nous préservant du péché, vous nous rendiez dignes de votre amour et de votre gloire. Ainsi soit-il.

A LA FRACTION DE L'HOSTIE.

QUOIQUE l'hostie sainte renferme tout votre sang, ô mon Sauveur, et que votre sang, qui est dans le calice, y soit avec votre corps; cependant vous voulez que le prêtre détache une partie de l'hostie, et vous le faites avec lui, pour nous marquer, par cette mort mystique et non sanglante, votre mort sanglante et corporelle; pour nous faire souvenir de votre sainte passion que la messe nous représente, et la continuer aux yeux de notre foi.

Il est donc vrai, mon âme, que le même Jésus immolé

pour vous sur la Croix s'immole encore sur l'autel pour votre salut, et que c'est la même victime et le même sacrifice! Avec quels sentiments de compassion pour vos tourments, ô mon Sauveur, et avec quelle douleur de nos péchés, qui en ont été la cause, vous aurions-nous vu expirer, sur le Calvaire, de douleur et d'amour pour nous! Tels sont les sentiments, ô mon aimable Jésus, que nous voulons avoir maintenant et que nous offrons par vous à votre Père.

Agnus Dei, qui tollis peccáta mundi, miserére nobis.

Agnus Dei, qui tollis peccáta mundi, miserére nobis.

Agnus Dei, qui tollis peccáta mundi, dona nobis pacem.

Agneau de Dieu, qui effacez les péchés du monde, ayez pitié de nous.

Agneau de Dieu, qui effacez les péchés du monde, ayez pitié de nous.

Agneau de Dieu, qui effacez les péchés du monde, donnez-nous la paix.

Je crois, ô mon Sauveur, que vous êtes réellement sur l'autel, et que vous y êtes pour me faire entrer dans la voie de mon salut. Je souhaite avec ardeur de vous recevoir dans la communion sacramentelle, mais je reconnais que j'en suis indigne, et je veux tâcher de m'y disposer par cette communion spirituelle que vous voulez bien que je fasse.

O mon Jésus, comme votre cœur sur l'autel n'est rempli que des mouvements de l'amour que vous avez pour nous, faites aussi que mon cœur ne respire que votre amour, et que mon unique dessein soit de vous plaire. Quand sera-ce, ô mon Dieu, que, détaché du monde et de moi-même, je suivrai en tout les inspirations de votre grâce et les impressions de votre amour? Dès maintenant, Seigneur, je le désire; mais faites que je sois fidèle et exact à exécuter ce que vous me faites la grâce de désirer.

Le Prêtre, ayant adoré l'Hostie, la prend entre ses mains, en disant:

Panem cœléstem accípiam, et nomen Dómini invocábo.

Dómine, non sum dignus ut intres sub tectum meum; sed tantum dic verbo, et sanábitur ánima mea. (*Ter.*)

Je prendrai le pain céleste, et j'invoquerai le nom du Seigneur.

Seigneur, je ne suis pas digne de vous recevoir dans ma maison; mais dites seulement une parole, et mon âme sera guérie.

Que le corps de Notre-Seigneur Jésus-Christ garde mon âme pour la vie éternelle. Ainsi soit-il.

Corpus Dómini nostri Jesu Christi custódiat ánimam meam in vitam ætérnam. Amen.

Que rendrai-je au Seigneur pour toutes les grâces qu'il m'a faites? Je prendrai le calice du salut, et j'invoquerai le nom du Seigneur; j'invoquerai le Seigneur en chantant ses louanges, et je serai délivré de mes ennemis.

Quid retríbuam Dómino pro ómnibus quæ retríbuit mihi? Cálicem salutáris accípiam, et nomen Dómini invocábo. Laudans invocábo Dóminum, et ab inimícis meis salvus ero.

Que le sang de Notre-Seigneur Jésus-Christ garde mon âme pour la vie éternelle. Ainsi soit-il.

Sanguis Dómini nostri Jesu Christi custódiat ánimam meam in vitam ætérnam. Amen.

Avant la première ablution.

Faites, Seigneur, que nous conservions dans un cœur pur le sacrement que notre bouche a reçu; et que le don qui nous est fait dans le temps nous soit un remède pour l'éternité.

Quod ore súmpsimus, Dómine, pura mente capiámus, et de múnere temporáli fiat nobis remédium sempitérnum.

Avant la seconde ablution.

Que votre corps que j'ai reçu, Seigneur, et que votre sang que j'ai bu s'attachent à mes entrailles; et faites qu'après avoir été nourri par des sacrements si purs et si saints, il ne demeure en moi aucune souillure du péché. Accordez-moi cette grâce, Seigneur, qui vivez et régnez dans tous les siècles des siècles. Ainsi soit-il.

Corpus tuum, Dómine, quod sumpsi, et sanguis, quem potávi, adhæreat viscéribus meis; et præsta ut in me non remáneat scélerum mácula, quem pura et sancta refecérunt sacraménta. Qui vivis et regnas in sǽcula sæculórum. Amen.

Comm. C'est ce fidèle et prudent serviteur que le Seigneur a établi sur sa famille, pour distribuer à

Comm. Fidélis servus et prudens, quem constítuit Dóminus super famíliam suam, ut det illis in témpore trítici mensúram.

℣. Dóminus vobíscum.

℟. Et cum spíritu tuo.

Postcomm. Ut nobis, Dómine, tua sacrifícia dent salútem, beátus Bernárdus, Conféssor tuus et Doctor egrégius, precátor accédat. Per Dóminum...

℣. Dóminus vobíscum.

℟. Et cum spíritu tuo.
Ite, missa est.
℟. Deo grátias.

Placeat tibi, sancta Trínitas, obséquium servitútis meæ et præsta ut sacrifícium quod óculis tuæ majestátis indígnus óbtuli, tibi sit acceptábile, mihíque, et ómnibus pro quibus illud óbtuli, sit, te miseránte, propitiábile. Per Christum Dóminum nostrum. Amen.

Benedícat vos omnipotens Deus, Pater, et Fílius †, et Spíritus sanctus. Amen.
℣. Dóminus vobíscum.

℟. Et cum spíritu tuo.
Inítium sancti Evangélii secúndum Joannem.
℟. Glória tibi, Dómine.

In princípio erat Verbum, et Verbum erat apud Deum, et Deus erat

chacun en son temps la mesure de blé nécessaire à sa nourriture.

℣. Le Seigneur soit avec vous.

℟. Et avec votre esprit.

Postcomm. Afin que le sacrifice que nous vous avons offert, Seigneur, obtienne le salut de nos âmes, daigne le bienheureux Bernard, votre confesseur et éminent Docteur, intercéder pour nous. Par N.-S...

℣. Le Seigneur soit avec vous.

℟. Et avec votre esprit.

Allez, la messe est dite.
℟. Rendons grâces à Dieu.

Recevez favorablement, ô Trinité sainte, l'hommage et l'aveu de ma parfaite dépendance; daignez agréer le sacrifice que j'ai offert à votre divine majesté, tout indigne que j'en suis, et faites, par votre bonté, qu'il m'obtienne miséricorde. et à tous ceux pour qui je l'ai offert. Par Jésus-Christ Notre-Seigneur. Ainsi soit il.

Que Dieu tout-puissant, le Père, le Fils, et le Saint-Esprit, vous bénisse. Ainsi soit-il.
℣. Le Seigneur soit avec vous.

℟. Et avec votre esprit.
Commencement du saint Evangile selon saint Jean.
℟. Gloire à vous, Seigneur.

Au commencement était le Verbe, et le Verbe était en Dieu, et le Verbe était

Dieu. Il était dès le commencement en Dieu. Toutes choses ont été faites par lui; et rien de ce qui a été fait n'a été fait sans lui. En lui était la vie, et la vie était la lumière des hommes; et la lumière luit dans les ténèbres, et les ténèbres ne l'ont point comprise. Il y eut un homme envoyé de Dieu, qui s'appelait Jean. Il vint pour rendre témoignage à la lumière, afin que tous crussent par lui. Il n'était pas la lumière, mais il vint pour rendre témoignage à celui qui est la lumière. Le Verbe était la vraie lumière qui éclaire tout homme venant en ce monde. Il était dans le monde, et le monde a été fait par lui, et le monde ne l'a point connu. Il est venu chez soi, et les siens ne l'ont point reçu. Mais il a donné à tous ceux qui l'ont reçu le pouvoir d'être faits enfants de Dieu; à ceux qui croient en son nom, qui ne sont pas nés du sang, ni des désirs de la chair, ni de la volonté de l'homme, mais de Dieu même. Et le Verbe s'est fait chair, et il a habité parmi nous, plein de grâce et de vérité, et nous avons vu sa gloire, qui est la gloire du Fils unique du Père.

℣. Rendons grâces à Dieu.

Verbum. Hoc erat in princípio apud Deum. Omnia per ipsum facta sunt, et sine ipso factum est nihil quod factum est. In ipso vita erat, et vita erat lux hóminum : et lux in ténebris lucet, et ténebræ eam non comprehendérunt. Fuit homo missus a Deo, cui nomen erat Joánnes. Hic venit in testimónium, ut testimónium perhibéret de lúmine; ut omnes créderent per illum. Non erat ille lux, sed ut testimónium perhibéret de lúmine. Erat lux vera quæ illúminat omnem hóminem veniéntem in hunc mundum. In mundo erat, et mundus per ipsum factus est, et mundus eum non cognóvit. In própria venit, et sui eum non recepérunt. Quotquot autem recepérunt eum, dedit eis potestátem fílios Dei fíeri, his qui credunt in nómine ejus, qui non ex sanguínibus, neque ex voluntáte carnis, neque ex voluntáte viri, sed ex Deo nati sunt. Et Verbum caro factum est, et habitávit in nobis; et vídimus glóriam ejus, glóriam quasi Unigéniti a Patre, plenum grátiæ et veritátis.

℣. Deo grátias.

PRÉFACE DE L'ASSOMPTION DE LA SAINTE VIERGE.

Vere dignum et justum est, æquum et salutáre, nos tibi semper et ubíque grátias ágere, Dómine sancte, Pater omnípotens, ætérne Deus; et te in Assumptióne beátæ Maríæ semper Vírginis collaudáre, benedícere et prædicáre; quæ et Unigénitum tuum sancti Spíritus obumbratióne concépit, et, virginitátis glória permanénte, lumen ætérnum mundo effúdit Jesum Christum Dóminum nostrum : per quem majestátem tuam laudant Angeli, adórant Dominatiónes, tremunt Potestátes ; Cœli cœlorúmque Virtútes, ac beáta Séraphim, sócia exultatióne concélebrant. Cum quibus et nostras voces ut admítti júbeas deprecámur, súpplici confessióne dicéntes : Sanctus...

Il est vraiment convenable et juste, il est équitable et salutaire de vous rendre grâces en tout temps et en tout lieu, ô Seigneur très-saint, Père tout-puissant, Dieu éternel ; de vous louer, vous bénir et vous glorifier, en honorant l'Assomption de la bienheureuse Marie, toujours vierge, qui, après avoir conçu votre Fils unique par l'opération du Saint-Esprit, a mis au monde, en conservant toujours sa virginité pure et sans tache, la lumière éternelle, Jésus-Christ Notre-Seigneur ; c'est par lui que les Anges louent votre majesté ; que les Dominations l'adorent; que les Puissances la craignent et la révèrent, et que les Cieux, les Vertus des cieux et les bienheureux Séraphins célèbrent ensemble votre gloire avec des transports de joie. Nous vous prions de permettre que nos voix s'unissent avec les leurs, en vous disant dans une humble louange : Saint...

CHANTS DE LA MESSE.

INTROIT.
Du 6

In me-di-o Ec-cle-si-æ a-pe-ru-it os e-jus: et im-ple-vit e-um Do-mi-nus spi-ri-tu sa-pi-en-ti-æ, et in-tel-le-ctus: sto-lam glo-ri-æ in-du-it e-um Ps Bo-num est con-fi-te-ri Do-mi-no; et psal-le-re no-mi-ni tu-o, Al-tis-si-me.

Glo-ri-a Pa-tri, et Fi-li-o, et Spi-ri-tu-i san-cto: Si-cut e-rat in prin-ci-pi-o, et nunc, et semper et in sæ-

.cu _ la sæ _ cu _ lo _ rum. A _ men.

KYRIE du 1. Ky _ ri _ e, e

_ le _ i _ son. iij. Chri _ ste, e _

_ le _ i _ son. iij. Ky _ ri _ e,

e _ le _ i _ son .iij. Ky _ ri _ e,

e _ le _ i _ son.

GLORIA du 1. Glo _ ri _ a in ex _ cel _ sis

De _ o, Et in ter _ ra pax ho _ mi _ ni _ bus

bo _ næ vo _ lun _ ta _ tis. Lau _ da _ mus. te.

Be _ ne _ di _ ci _ mus te. A _ do _ ra _ mus. te.

Glo_ri_fi_ca_mus te. Gra_ti_as a_

_gi_mus_ti_bi, pro:pter magnam glo_ri_am tu_am.

Do_mi_ne De_us, Rex cœ_le_stis, De_us Pa_ter

om_ni_po_tens. Do_mi_ne, Fi_li u_ni_ge_ni_te,

JE_SU CHRISTE. Do_mi_ne De_us, A_gnus De_i,

Fi_li_us Pa_tris. Qui tol_lis pec_ca_ta mun_di,

mi_se_re_re no_bis. Qui tol_lis pec_ca_ta_

mun_di, sus_ci_pe de_pre_ca_ti_o_

_nem nostram. Qui se_des ad dex_te_ram Pa_tris,

mi_se_re_re no_bis. Quo_ni_am tu

so _ lus San _ ctus. Tu so _ lus Do _ mi _ nus. O

Tu so _ lus Al _ tis _ si _ mus, JE _ SU CHRISTE.

Cum sanc _ to Spi _ ri _ tu, in _ glo _ ri _ a

De _ i Pa _ tris. A _ _ _ men

GRADUEL.
Du 1.
Os ju _ sti me _ di _ ta _

_ bi _ tur sa _ pi _ en _ ti _ am,

et lin _ gua e _ jus lo _

_ que _ tur ju _ di _ ci _ um.

℣. Lex Dé _ i e _ jus in _ cor _

_ de i _ psi _ us et non

sup - plan - ta - bun - tur   gres - sus

e - jus

Du 4.

Al - le - lu - ia   ij.

℣. A - ma - vit e - um Do - mi nus

. et or - na - vit e - um: stolam glo -

. ri - æ in - du - it e - um.

CREDO
Du 1.

Cre - do   in   u - num. De - um:

Pa - trem om - ni - po - ten - tem, fa - cto - rem cœ - li

et ter - ræ,   vi - si - bi - li - um - om - ni - um -

. - et - in - vi - si - bi - li - um. Et - in - u - num. Domi - num

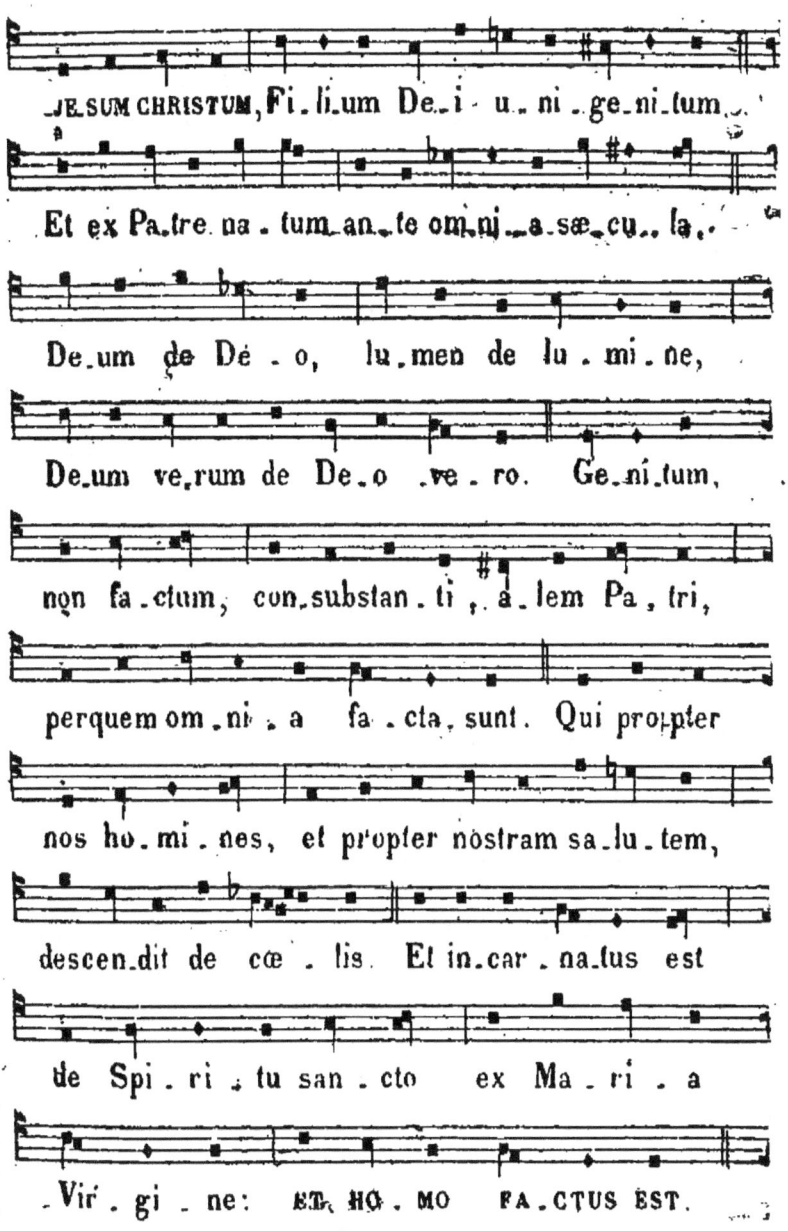

JESUM CHRISTUM, Fi _ li _ um De _ i u _ ni _ ge _ ni _ tum.

Et ex Pa _ tre na _ tum an _ te om ni _ a sæ _ cu _ la.

De _ um de Dé _ o, lu _ men de lu _ mi _ ne,

De _ um ve _ rum de De _ o ve _ ro. Ge _ ni _ tum,

non fa _ ctum, con _ substan _ ti _ a _ lem Pa _ tri,

per quem om _ ni _ a fa _ cta _ sunt. Qui propter

nos ho _ mi _ nes, et propter nostram sa _ lu _ tem,

descen _ dit de cœ _ lis. Et in _ car _ na _ tus est

de Spi _ ri _ tu san _ cto ex Ma _ ri _ a

_ Vir _ gi _ ne: ET HO _ MO FA _ CTUS EST.

11.

Cru_ci_fi_xus e_ti_am pro no_bis,

sub Pon_ti_o Pi_la_to, pas_sus

et se_pul_tus est. Et re_sur_re_xit

ter_ti_a di_e se_cun_dum Scriptu_ras.

Et a_scen_dit in cœ_lum: se_det ad

dex_te_ram Pa_tris. Et i_te_rum

ven_tu_rus est cum glo_ri_a ju_di_ca_

_re vi_vos et mor_tu_os: cu_jus_re_gni

non e_rit fi_nis. Et in Spi_ri_tum

sanctum, Do_mi_num et vi_vi_fi_can_tem

qui ex Pa_tre Fi_li_o_que pro_ce_dit.

Qui cum Pa_tre et Fi_li_o si_mul a_do_

_ra_tur, et con_glo_ri_fi_ca_tur qui lo_cu_tus

est per Pro_phe_tas. Et u_nam, sanctam, ca_

_tho_li_cam et a_pò_sto_li_cam Ec_cle_si_am.

Con_fi_te__or unum baptis_ma in remis_si_o_nem

pecca_to_rum. Et ex_pe_cto re_sur_re_cti_o_nem

mortu_o_rum. Et vitam venturi sae_cu_li. A_men.

OFFERTOIRE.
Du 4.

Ju____stus ut pal____ma

flo_re__bit. si_cut ce__drus,

quæ in Li _ ba _ no est, mul _ ti _ pli.

. ca _ bi _ tur.

SANCTUS.
Du 1.
San _ ctus, San _ ctus, San _ ctus,

Do _ mi _ nus De _ us Sa _ ba _ oth. Ple _ ni sunt coe _ li

æt ter _ ra glo _ ri _ a tu _ a: Ho _ san _ na

in ex _ cel _ sis. Be _ ne _ di _ ctus qui ve _ nit

in no _ mi _ ne Domi _ ni: Ho _ san _ na in ex _ cel _ sis.

AGNUS.
Du 1.
A _ gnus De _ i, qui tol _ lis pec _ ca _ ta

mundi, mi _ se _ re _ re no _ bis. Agnus De _ i,

qui tol _ lis pec _ ca _ ta mun _ di, mi _ se _ re _ re

no bis, A gnus De i, qui tol lis pec ca ta

mundi, do na no bis pa cem.

COMMUNION.
du 7.

Fi de lis ser vus et pru dens,

quem con sti tu it Do mi nus

su per fa mi li am su am:

ut det il lis in tem po re

tri ti ci men su ram.

VÊPRES DE SAINT BERNARD.

Pater noster. Ave María.

Deus, in adjutórium meum inténde. *. Dómine, ad adjuvándum me festína.

Glória Patri, et Fílio, et Spirítui sancto : sicut erat in princípio, et nunc, et semper, et in sǽcula sæculórum. Amen. Allelúia.

AÑT du 1 en G. — Do — mi — ne, quin — que ta — len — ta tra — di — di — sti mi — hi : ec — ce a — li — a quin — que su — per — lu — cra — tus sum.

PSAUME 109.

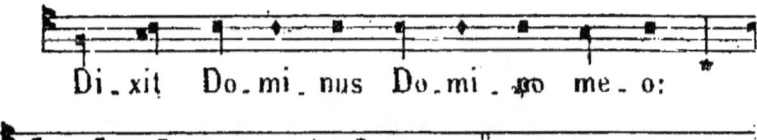

Di — xit Do — mi — nus Do — mi — no me — o : se — de a dex — tris me — is.

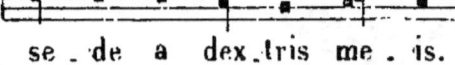

Donec ponam inimícos tuos * scabéllum pedum tuórum.

Virgam virtútis tuæ emíttet Dóminus ex Sion : * dominâre in médio inimicórum tuórum.

Tecum princípium in die virtútis tuæ, in splendóribus Sanctórum : * ex útero ante lucíferum génui te.

Jurávit Dóminus, et non pœnitébit eum : * tu es

Sacérdos in ætérnum, secúndum órdinem Melchísedech.

Dóminus a dextris tuis :* confrégit in die iræ suæ reges.

Judicábit in natiónibus,

implébit ruínas : * conquassábit cápita in terrâ multórum.

De torrénte in via bibet : * proptérea exaltábit caput. Glória Patri.

ANT
du 1 en F.

Eu . ge, ser . ve bo . ne, in mo . di . co fi . de . lis: in . tra in gau . di . um Do . mi . ni tu . i

PSAUME 110.

Con . fi . te . bor ti . bi, Do . mi . ne, in to . to cor . de

meo: * in consi . li . o justorum et congrega ti . o . ne.

Magna ópera Dómini :* exquísita in omnes voluntátes ejus.

Conféssio et magnificéntia opus ejus, * et justítia ejus manet in sæculum sæculi.

Memóriam fecit mirabílium suórum miséricors et miserátor Dóminus : * escam dedit timéntibus se.

Memor erit in sæculum testaménti sui ; * virtútem óperum suórum annuntiábit pópulo suo :

Ut det illis hæreditátem géntium :* ópera mánuum

ejus véritas et judícium.

Fidélia ómnia mandáta ejus, confirmáta in sæculum sæculi,* facta in veritáte et æquitáte.

Redemptiónem misit pópulo suo ; * mandávit in ætérnum testaméntum suum.

Sanctum et terribile nomen ejus ;* inítium sapiéntiæ timor Dómini.

Intelléctus bonus ómnibus faciéntibus eum : * laudátio ejus manet in sæculum sæculi. Glória Patri.

ANT:
du 3 en A.

Fi - de - lis ser - vus ' et pru - dens

quem con - sti - tu - it Do - mi - nus su - per

fa - mi - li - am su - am.

PSAUME 111.

Be - a - tus vir qui ti - met Do - mi - num: in manda - tis

e - jus vo - let ni - mis.

Potens in terra erit se-
men ejus; * generátio rec-
tórum benedicétur.

Glória et divítiæ in do-
mo ejus, * et justítia ejus
manet in sæculum sæ-
culi.

Exórtum est in ténebris
lumen rectis : * miséricors,
et miserátor, et justus.

Jucúndus homo qui mi-
serétur et cómmodat : dis-
pónet sermónes suos in ju-
dício, * quia in ætérnum
non commovébitur.

In memoria ætérna erit

justus : * ab auditióne mala non timébit.

Parátum cor ejus spe-
ráre in Dómino, confirmá-
tum est cor ejus : * non
commovébitur, donec des-
piciat inimícos suos.

Dispérsit, dedit paupé-
ribus : justítia ejus manet
in sæculum sæculi : * cornu
ejus exaltábitur in glória.

Peccátor vidébit, et iras-
cétur, déntibus suis fre-
met, et tabéscet : * desidérium peccatórum peribit.
Glória Patri.

ANT:
du 7 en A.

Be - a - tus il - le ser - vus,

quem, cum ve _ ne _ rit Do _ mi _ nus e _ jus,

et pul _ sa _ ve _ rit ja _ nu _ am,

in _ ve _ ne _ rit vi _ gi _ lan _ tem.

PSAUME 112.

Lau _ da _ te, pu _ e _ ri, Do _ mi _ num: lau _ da _ te

nomen Do _ mi _ ni.

Sit nomen Dómini benedíctum, * ex hoc nunc et usque in sæculum.

A solis ortu usque ad occásum. * laudábile nomen Dómini.

Excélsus super omnes gentes Dóminus; * et super cœlos glória ejus.

Quis sicut Dóminus Deus noster, qui in altis hábitat, * et humília réspi-

cit in cœlo et in terra.

Súscitans a terra ínopem, * et de stércore érigens páuperem.

Ut cóllocet eum cum princípibus, * cum princípibus pópuli suí.

Qui habitáre facit stérilem in domo, * matrem filiórum lætántem. Glória Patri.

ANTi du 7en C.

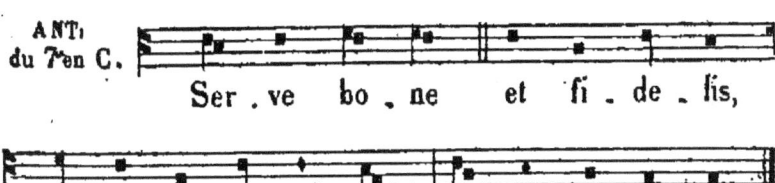

Ser _ ve bo _ ne et fi _ de _ lis,

in _ tra in gau _ di _ um Do _ mi _ ni tu _ i.

PSAUME 116.

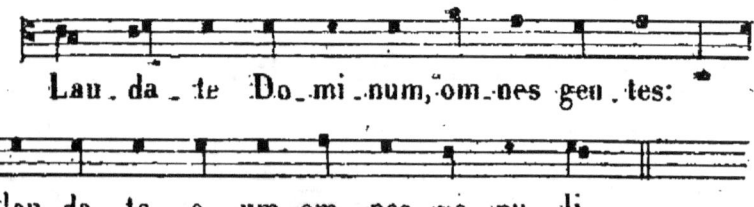

Lau . da . te Do . mi . num, om . nes gen . tes:

lau . da . te e . um, om . nes po . pu . li.

Quóniam confirmáta est super nos misericórdia ejus : * et véritas Dómini manet in ætérnum. Glória Patri.

CAPITULE. *Eccli.*, 31.

Beatus vir qui invéntus est sine mácula, et qui post aurum non ábiit, nec sperávit in pecúnia et thesáuris. Quis est hic, et laudábimus eum? fecit enim mirabília in vita sua. ℟. Deo grátias.

HYMNE du 1.

I . ste Con . fes . sor Do . mi . ni,

co . len . tes Quem pi . e lau . dant po . pu . li

per or . bem, Hac di . e læ . tus me . ru . it

be . a . tas Scan . de . re se des.. (1)
su . pre . mos Lau . dis ho . no . res.

(1) Le jour de la fête et pendant chaque jour de l'octave on dit : « Méruit beátas scándere sedes,» en dehors de ce temps on dit : « Méruit suprémos laudis honóres. »

Qui pius, prudens, hú-
milis, pudícus,
Sóbriam duxit sine labe
vitam,
Donec humános animávit
a uræ
Spíritus artus.
Cujus ob præstans méri-
tum frequénter,
Ægra quæ passim jacuére
membra,
Víribus morbi dómitis, sa-
lúti
Restituúntur.

Noster hinc illi chorus
obsequéntem
Cóncinit laudem, celebrés-
que palmas;
Ut piis ejus précibus juvé-
mur
Omne per ævum.
Sit salus illi, decus at-
que virtus,
Qui super cœli sólio co-
rúscans,
Totíus mundi sériem gu-
bérnat,
Trinus et unus.
Amen.

AUX Ires VÊPRES.

℣. Amávit eum Dóminus et ornávit eum.
℟. Stolam glóriæ índuit eum.

AUX IIos VÊPRES.

℣. Justum dedúxit Dóminus per vias rectas.
℟. Et osténdit illi regnum Dei.

ANT:
du 2.

O Do _ ctor o _ ptí _ me,

Ec _ cle _ si _ æ san _ ctæ lu _ men, be _ a _ te

Ber _ nar _ de, di _ vi _ næ le _ gis a _ ma _ tor,

de _ pre _ ca _ re pro _ no _ bis Fi _ li _ um De _ i.

CANTIQUE DE LA SAINTE VIERGE. *Luc*, 1.

Ma - gni - fi - cat * a - ni - ma me - a Do - mi - num.

Et exultávit spíritus me-us * in Deo salutári meo ;

Quia respéxit humilitá-tem ancíllæ suæ : * ecce enim ex hoc beátam me di-cent omnes generatiónes.

Quia fecit mihi magna qui potens est, * et sanc-tum nomen ejus.

Et misericórdia ejus à progénie in progénies * timéntibus eum.

Fecit poténtiam in brá-chio suo ; * dispérsit su-pérbos mente cordis sui.

Depósuit poténtes de se-de, * et exaltávit húmiles.

Esuriéntes implévit bo-nis,* et dívites dimísit iná-nes.

Suscépit Israel púerum suum, * recordátus mise-ricórdiæ suæ ;

Sicut locútus est ad Pa-tres nostros, * Abraham et sémini ejus in sæcula. Glória Patri.

℣. Dóminus vobíscum. ℟. Et cum spíritu tuo.

ORAISON.

O DIEU, qui avez instruit votre peuple du salut éternel, par le ministère du bienheureux Bernard : faites, s'il vous plaît, que, l'ayant eu sur la terre pour Docteur et pour guide, nous méritions de l'avoir pour intercesseur dans le ciel. Par N.-S...

DEUS, qui pópulo tuo ætérnæ salútis beátum Bernárdum minístrum tri-buísti : præsta, quæsumus, ut, quem Doctórem vitæ habúimus in terris, inter-cessórem habére mereá-mur in cœlis. Per Dómi-num...

℣. Dóminus vobíscum. ℟. Et cum spíritu tuo.

AUX Ⅰˢᵉˢ VÊPRES.

Du 2.

℣. Be - ne - di - ca - mus Do - mi - no.
℟. De - o gra - ti - as.

AUX IIes VÊPRES.

Du 6.

℣. Be ne di ca mus Do mi no.
℟. De o gra ti as.

℣. Fidélium ánimæ per misericórdiam Dei requié-
scant in pace.
℟. Amen.

*Si les Vêpres ne sont pas suivies immédiatement des Com-
plies on termine ainsi l'office :*

Pater noster. (*A voix basse*) :

℣. Dóminus det nobis suam pacem.
℟. Et vitam ætérnam. Amen.

On chante ensuite l'Antienne à la Sainte-Vierge, Salve
Regina, *page 264.*

COMPLIES.

℣. Veuillez nous donner la bénédiction.

Bénéd. Que le Seigneur tout-puissant nous accorde une nuit tranquille et une heureuse fin.

℟. Ainsi soit-il.

℣. Jube, Domne, benedícere.

Bened. Noctem quiétam et finem perféctum concédat nobis Dóminus omnípotens.

℟. Amen.

LEÇON BRÈVE. *Pierre,* 5.

MES frères, soyez sobres, et veillez: car le démon, votre ennemi, comme un lion rugissant, rôde, cherchant quelqu'un à dévorer. Résistez-lui en demeurant fermes dans la foi. Et vous, Seigneur, ayez pitié de nous. ℟. Rendons grâce à Dieu.

℣. Notre secours est dans le nom du Seigneur. ℟. Qui a fait le ciel et la terre.

FRATRES : Sóbrii estóte, et vigiláte, quia adversárius vester diábolus tanquam leo rúgiens círcuit, quærens quem dévoret ; cui resístite fortes in fide. Tu autem, Dómine, miserére nobis. ℟. Deo grátias.

℣. Adjutórium nostrum in nómine Dómini. ℟. Qui fecit cœlum et terram.

Pater noster... Confíteor... Misereátur... *et* Indulgéntiam.

℣. Con_ver_te nos, De_us sa_lu_ta_ris no_ster.

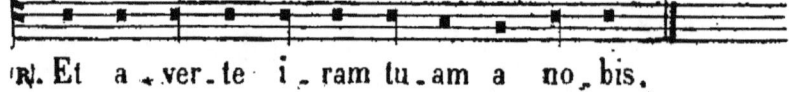

℟. Et a_ver_te i_ram tu_am a no_bis.

℣. Deus in adjutórium, etc.

ANT: du 8 en G.

Mi_se_re_re.

Psaume 4

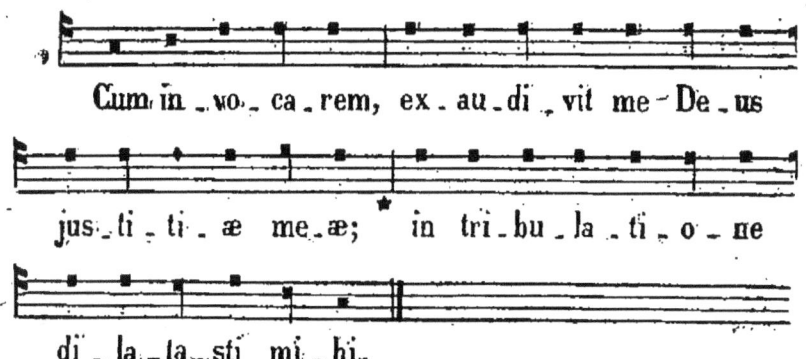

Cum in _ vo _ ca _ rem, ex _ au _ di _ vit me - De _ us

jus _ ti _ ti _ æ me _ æ; in tri _ bu _ la _ ti _ o _ ne

di _ la _ ta _ sti mi _ hi.

Miserére mei, * et exáudi oratiónem meam.

Fílii hóminum, úsquequo gravi corde? * ut quid dilígitis vanitátem, et quæritis mendácium?

Et scitóte quóniam mirificávit Dóminus Sanctum suum; * Dóminus exáudiet me cum clamávero ad eum.

Irascímini, et nolite peccáre; * quæ dícitis in córdibus vestris, in cubilibus vestris compungímini.

Sacrificáte sacrifícium justítiæ et speráte in Dómino; * multi dicunt: Quis osténdit nobis bona?

Signátum est super nos lumen vultus tui, Dómine: * dedísti lætítiam in corde meo.

A fructu fruménti, vini et ólei sui, * multiplicáti sunt.

In pace in idípsum dórmiam; * et requiéscam.

Quóniam tu, Dómine, singuláriter in spe * constituísti me.

Glória Patri.

Psaume 30.

In te, Dómine, sperávi: non confúndar in ætérnum; * in justítia tua líbera me.

Inclína ad me aurem tuam; * accélera ut éruas me.

Esto mihi in Deum protectórem et in domum refúgii; * ut salvum me fácias.

Quóniam fortitúdo mea, et refúgium meum es tu; * et propter nomen tuum dedúces me et enútries me.

Edúces me de láqueo hoc, quem abscondérunt mihi; * quóniam tu es protéctor meus.

In manus tuas comméndo spíritum meum; * redemísti me, Dómine, Deus veritátis. Glória Patri.

Psaume 90.

Qui hábitat in adjutório Altíssimi : * in protectióne Dei cœli commorábitur.

Dicet Dómino : Suscéptor meus es tu, et refúgium meum ;* Deus meus, sperábo in eum.

Quóniam ipse liberávit me de láqueo venántium,* et a verbo áspero.

Scápulis suis obumbrábit tibi ; * et sub pennis ejus sperábis.

Scuto circúmdabit te véritas ejus ; * non timébis a timóre noctúrno.

A sagítta volánte in die, a negótio perambulánte in ténebris : * ab incúrsu et dæmónio meridiáno.

Cadent a látere tuo mille et decem míllia a dextris tuis ;* ad te autem non appropinquábit.

Verúmtamen óculis tuis considerábis ; * et retributiónem peccatórum vidébis.

Quóniam tu es, Dómine, spes mea ; * altíssimum posuísti refúgium tuum.

Non accédet ad te malum ; * et flagéllum non appropinquábit tabernáculo tuo.

Quóniam Angelis suis mandávit de te : * ut custódiant te in ómnibus viis tuis.

In mánibus portábunt te ; * ne forte offéndas ad lápidem pedem tuum.

Super áspidem et basilíscum ambulábis : * et conculcábis leónem et dracónem.

Quóniam in me sperávit, liberábo eum : * prótegam eum, quóniam cognóvit nomen meum.

Clamábit ad me, et ego exáudiam eum : * cum ipso sum in tribulatióne ; erípiam eum, et glorificábo eum.

Longitúdine diérum replébo eum ; * et osténdam illi salutáre meum.

Glória Patri.

Psaume 133.

Ecce nunc benedícite Dóminum, * omnes servi Dómini.

Qui statis in domo Dómini, * in átriis domus Dei nostri.

In noctibus extóllite manus vestras in sancta ; * et benedícite Dóminum.

Benedícat te Dóminus ex Sion, * qui fecit cœlum et terram. Glória Patri.

ANT du 8

Mi - se - re - re mi - hi, Do - mi - ne,

et ex _ au _ dî o _ ra _ ti _ o _ nem me _ am.

HYMNE
du 3.

Te lu _ cis an _ te ter _ mi _ num,

Re _ rum Cre _ a _ tor, pos _ ci _ mus, Ut pro tu _ a

cle _ men _ ti _ a Sis præ _ sul et cu _ sto _ di _ a.

Procul recédant sómnia	Præsta, Pater piíssime,
Et nóctium phanstásmata,	Patríque compar Unice
Hostémque nostrum cóm-	Cum Spíritu Paráclito
prime	Regnans per omne sæcu-
Ne polluántur córpora.	lum. Amen.

*Le jour de la fête de saint Bernard et les deux jours sui-
vants, on dit, à cause de l'octave de l'Assomption, cette
doxologie :*

Jesu, tibi sit glória	Cum Patre et almo Spiritu
Qui natus es de Vírgine,	In sempitérna sæcula.
	Amen.

Autre chant pour l'hymne.

HYMNE
du 2.

Te lu _ cis an _ te ter _ mi _ num,

Rerum Cre _ a _ tor, pos _ ci _ mus, Ut pro tu _ a

cle _ menti _ a Sis præ _ sul et cu _ sto _ di _ a.

CAPITULE. *Jérém.* 14.

Tu autem in nobis es, Dómine, et nomen sanctum tuum invocátum est super nos : ne derelínquas nos, Dómine Deus noster.

℟. Deo grátias.

℟. br.
Du 6.

In ma_nus tu_as, Do_mi_ne, *

Commendo spi_ri_tum me_um. In ma_nus.

℣. Redemísti nos Do_mi_ne, De_us ve_ri_ta_tis. *

Commendo. ℣. Glo_ri_a Pa_tri, et Fi_li_o,

et Spi_ri_tu_i san_cto. In ma_nus.

℣. Custo_di nos, Domi_ne, ut pu_pillam o_cu_li.

℟. Sub umbra a_la_rum tu_a_rum pro_te_ge nos.

ANT.
Du 3 en à.

Sal_va nos.

CANTIQUE DE S. SIMÉON, *Luc*, 2.

Nunc di‿mit‿tis ser‿vum tu‿um Do‿mi‿ne: *

se‿cundum‿verbum tu‿um in pa‿ce.

Quia vidérunt óculi mei : * salutáre tuum.

Quod parásti : * ante fáciem ómnium populórum.

Lumen ad revelatiónem géntium : * et glóriam plebis tuæ Israel.

Glória Patri.

Sal‿va nos, Do‿mi‿ne, vi‿gi‿lantes,

custo‿di nos dormi‿en‿tes: ut vi‿gi‿le‿mus

cum Christo et requi‿es‿ca‿mus in pa‿ce.

℣. Dóminus vobíscum. ℟. Et cum spíritu tuo.

ORAISON.

VISITA, quæsumus, Dómine, habitatiónem istam, et omnes insídias inimíci ab ea longe repélle : Angeli tui sancti hábitent in ea, qui nos in pace custódiant, et benedíctio tua sit super nos semper. Per Dóminum....

Nous vous supplions, Seigneur, de visiter cette demeure et d'en éloigner tous les pièges de l'ennemi ; que vos saints Anges y habitent pour nous y conserver en paix, et que votre bénédiction soit toujours sur nous. Par N. S..

℣. Dóminus vobíscum. ℟. Et cum spíritu tuo.

℣. Benedicámus Dómino. ℟. Deo grátias.

℣. Benedícat et custódiat nos omnípotens et miséricors Dóminus, Pater, et Fílius, et Spíritus sanctus. ℟. Amen.

On ajoute immédiatement l'Antienne suivante :

Du 1 et du 2.

Sal-ve, Re-gi-na, ma-ter

miseri-cor-di-æ. Vi-ta, dul-ce-do

et spes nostra, sal-ve. Ad te cla-ma-mus

e-xules fi-li-i E-væ. Ad te suspi-ra-mus

gementes, et flen-tes in hac la-cryma-rum val-le.

E-ia er-go, Advo-ca-ta nostra, il-los tu-os

mise-ri-cor-des o-culos ad nos conver-te.

Et Jesum, bene-di-ctum fructum ventris tu-i,

no-bis post hoc e-xi-li-um o-stende.

O cle . mens, o pi . a, o dul . cis Virgo Ma . ri . a

℣. Ora pro nobis, sancta Dei Génitrix.
℟. Ut digni efficiámur promissiónibus Christi.

ORAISON.

OMNIPOTENS sempitér- ne Deus, qui gloriósæ Vírginis matris Maríæ corpus et ánimam, ut di- gnum Fílii tui habitá- culum éffici mererétur, Spíritu sancto coopéran- te, præparásti : da, ut, cujus commemoratióne lætámur, ejus pia in- tercessióne ab instánti- bus malis et a morte perpétua liberémur. Per eúmdem Christum Dó- minum nostrum.
℟. Amen.

DIEU tout-puissant et éter- nel, qui, par la coopéra- tion du Saint-Esprit, avez préparé le corps et l'âme de la glorieuse Vierge Ma- rie pour en faire une de- meure digne de votre Fils, accordez-nous la grâce, pen- dant que nous célébrons sa mémoire avec joie, d'être délivrés par son intercession des maux présents et de la mort éternelle. Nous vous en prions par le même J.-C. N.-S,
℟. Ainsi-soit-il.

℣. Divínum auxílium máneat semper nobíscum.
℟. Amen.

AU SALUT DU SAINT SACREMENT.

Du 8 O sa . lu . ta . ris Hosti . a, Quæ cœ . li pandis o sti . um Bel . la premunt ho . sti . li . a,

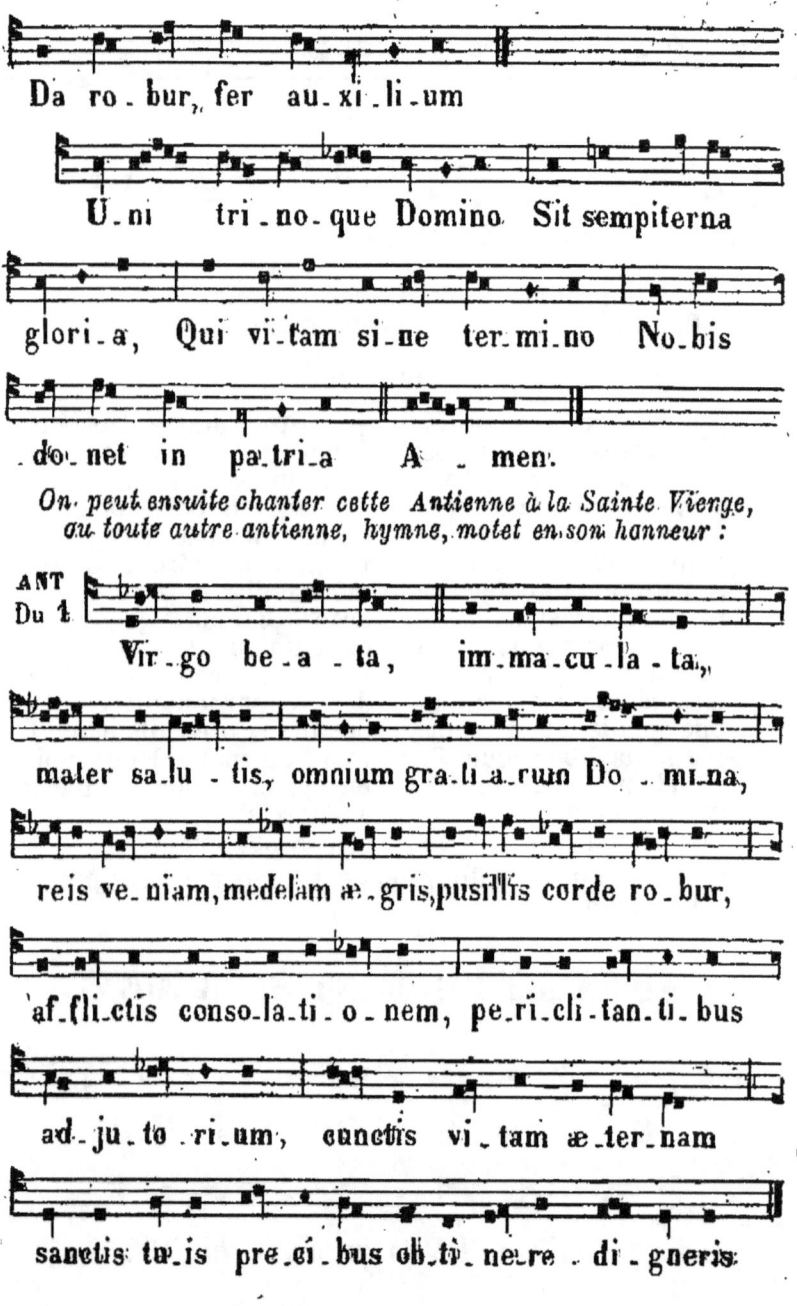

Da ro. bur, fer au. xi. li. um

U. ni tri. no. que Domino. Sit sempiterna

glori. a, Qui vi. tam si. ne ter. mi. no No. bis

. do. net in pa. tri. a A. men.

On peut ensuite chanter cette Antienne à la Sainte Vierge,
ou toute autre antienne, hymne, motet en son honneur :

ANT
Du 1

Vir. go be. a. ta, im. ma. cu. la. ta,

mater sa. lu. tis, omnium gra. ti. a. rum Do. mi. na,

reis ve. niam, medelam æ. gris, pusillis corde ro. bur,

'af. fli. ctis conso. la. ti. o. nem, pe. ri. cli. tan. ti. bus

ad. ju. to. ri. um, cunctis vi. tam æ. ter. nam

sanctis tu. is pre. ci. bus ob. ti. ne. re. di. gneris.

℣. Ora pro nobis, sancta Dei Génitrix.
℟. Ut digni efficiámur promissiónibus Christi.

ORAISON.

CONCEDE nos fámulos tuos, quæsumus, Dómine Deus, perpétua mentis et córporis sanitáte gaudére : et, gloriósa beátæ Maríæ semper Vírginis intercessióne, a præsénti liberári tristítia, et ætérna pérfrui lætítia. Per Christum Dóminum nostrum.
℟. Amen.

DAIGNEZ, Seigneur, accorder toujours à vos serviteurs la santé de l'âme et du corps ; et, par la glorieuse intercession de la bienheureuse Marie toujours vierge, délivrez-nous des misères du temps et faites-nous jouir du bonheur éternel. Nous vous en prions par J.-C. N.-S.
℟. Ainsi-soit-il.

On ajoute l'Antienne O Doctor (p. 180 et 255), *ou quelque autre chant en l'honneur de saint Bernard, avec le* ℣ *et l'oraison.*

℣. Justum dedúxit Dóminus per vias rectas.
℟. Et osténdit illi regnum Dei.

ORAISON.

DEUS, qui pópulo tuo ætérnæ salútis beátum Bernárdum minístrum tribuísti : præsta, quæsumus, ut, quem Doctórem vitæ habúimus in terris, intercessórem habére mereámur in cœlis. Per Christum Dóminum nostrum.
℟. Amen.

O DIEU, qui avez instruit votre peuple du salut éternel, par le ministère du bienheureux Bernard : faites, s'il vous plaît, que, l'ayant eu sur la terre pour Docteur et pour guide, nous méritions de l'avoir pour intercesseur dans le ciel. Nous vous en prions par J.-C. N.-S.
℟. Ainsi-soit-il.

On dit le Suffrage pour N. S. P. le Pape.

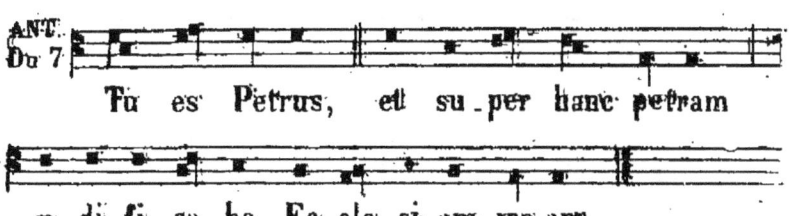

℣. Orémus pro Pontifice nostro N.

℟. Dóminus consérvet eum, et vivíficet eum, et beátum fáciat eum in terra, et non tradat eum in ánimam inimicórum ejus.

ORAISON.

O DIEU, qui êtes le Pasteur et le guide de tous les fidèles, jetez un regard favorable sur votre serviteur N., que vous avez donné pour pasteur à votre Eglise: accordez-lui la grâce de faire avancer dans la voie du salut, par sa parole et son exemple, les nations qu'il gouverne, afin qu'il parvienne à la vie éternelle avec le troupeau que vous lui avez confié. Nous vous en prions par J.-C. N.-S.

℟. Ainsi-soit-il.

DEUS, ómnium fidélium Pastor et rector, fámulum tuum N., quem Pastórem Ecclésiæ tuæ præésse voluísti, propítius réspice : da ei, quæsumus, verbo et exémplo, quibus præest, profícere, ut ad vitam, una cum grege sibi crédito, pervéniat sempitérnam. Per Christum Dóminum nostrum.

℟. Amen.

Avant la Bénédiction du Saint Sacrement.

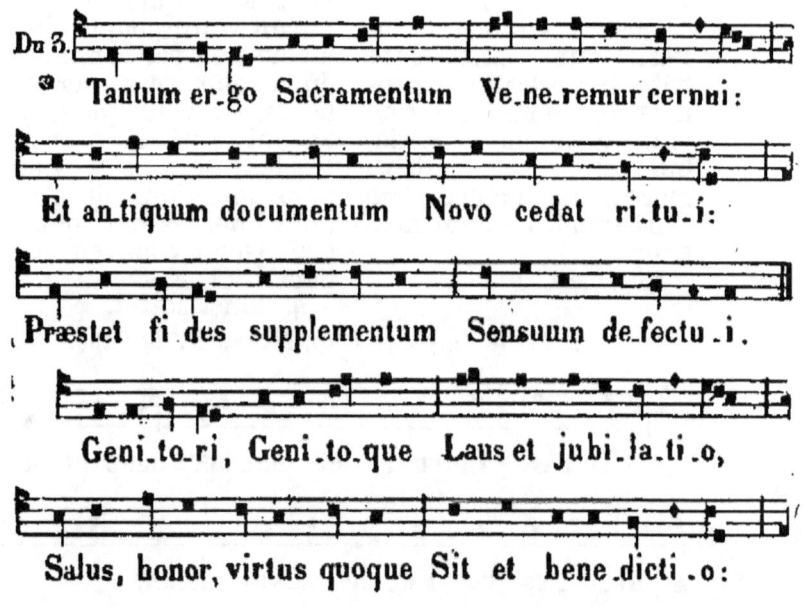

Du 3.

Tantum er-go Sacramentum Ve-ne-remur cernui:

Et an-tiquum documentum Novo cedat ri-tu-i:

Præstet fi-des supplementum Sensuum de-fectu-i.

Geni-to-ri, Geni-to-que Laus et jubi-la-ti-o,

Salus, honor, virtus quoque Sit et bene-dicti-o:

Procedenti ab u-troque Compar sit laudati_o A _ men

℣. Panem de cœlo præstitísti eis.
℟. Omne delectaméntum in se habéntem.

ORAISON.

DEUS, qui nobis sub Sacraménto mirábili passiónis tuæ memóriam reliquísti : tríbue, quæsumus, ita nos Córporis et Sánguinis tui sacra mystéria venerári, ut redemptiónis tuæ fructum in nobis júgiter sentiámus. Qui vivis et regnas in sæcula sæculórum.
℟. Amen.

O DIEU, qui nous avez laissé dans un sacrement admirable le mémorial de votre passion, faites-nous la grâce d'honorer les mystères sacrés de votre corps et de votre sang de manière à éprouver toujours en nous le fruit de votre rédemption. Vous qui vivez et régnez dans les siècles des siècles.
℟, Ainsi-soit-il.

Après la Bénédiction du Saint Sacrement.

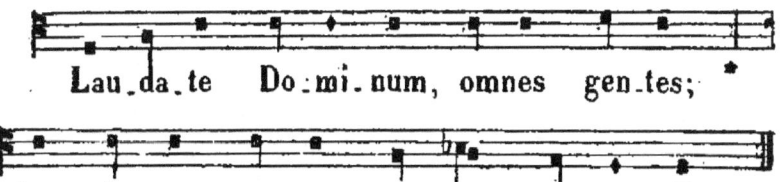

Lau_da_te Do:mi_num, omnes gen_tes;

lau _ da _ te e _ um, om _ nes po _ pu _ li.

. Quóniam confirmáta est super nos misericórdia ejus : * et véritas Dómini manet in ætérnum.
Glória Patri.

PRIÈRE

A NOTRE-SEIGNEUR JÉSUS-CHRIST

POUR IMPLORER SA DIVINE MISÉRICORDE (*).

O Seigneur Jésus, nous vous confessons tous nos péchés, le mal commis, le bien omis, le bien fait sans pureté d'intention ou avec négligence. Nous nous reconnaissons coupables dans la mesure où vous savez vous-même que nous le sommes. Nous nous reprochons amèrement les jours de notre vie perdus hélas! à vous offenser, à diminuer votre gloire, à vous fuir, vous qui êtes le souverain bien, et à éloigner de vous notre prochain. Seigneur; l'abîme de notre profonde misère appelle l'abîme de votre profonde miséricorde. Ne permettez pas que le nombre et l'énormité de nos péchés tarissent la source inépuisable de votre clémence, ô vous qui avez pitié de tous les hommes, qui ne haïssez aucun de vos ouvrages, qui oubliez nos prévarications dès que nous sommes sincèrement pénitents. Nous vous en supplions, Seigneur, faites-nous renoncer à ces péchés mille fois commis contre vous, faites-nous accomplir avec soin ce qui vous plaît. Donnez-nous d'employer désormais à vous servir l'ardeur que nous avons mise jusqu'à ce jour à vous offenser. Que votre grâce surabonde là où le péché a abondé. Nous vous en conjurons par l'amour de votre tendre mère, la glorieuse vierge Marie, par l'intercession de tous les saints et saintes, vos élus; pardonnez-nous toutes nos offenses et ne nous perdez pas avec nos iniquités. Souvenez-vous, Seigneur Jésus, qu'il ne vous convient pas de perdre aucun de ceux que votre Père vous a donnés, mais

---

(*) Cette prière est tirée des écrits de saint Bernard. On l'a abrégée. On a employé la forme qui convient à une prière commune. Ce sont les seuls changements. (Confessiónis privátæ fórmula, seu, Orátio pæniténtis ad Christum devotíssima.)

au contraire d'avoir pitié de nous, de nous épargner, de nous sauver tous. Car votre Père vous a envoyé dans le monde, non pour nous juger, mais pour nous communiquer la vie ; pour que vous fussiez, non pas notre accusateur, mais notre défenseur. Que votre satisfaction surabondante nous soit donc appliquée, Seigneur, dans l'extrême nécessité où nous nous voyons réduits ; que votre mort très-amère, le prix inestimable de votre sang versé pour nous, que le mémorial de vos expiations, le vénérable mystère de votre corps et de votre sang, offert tous les jours dans l'Eglise pour le salut des fidèles, nous obtiennent la grâce et le pardon que nous ne pouvons mériter nous-mêmes. Conservez-nous, nous qui sommes l'œuvre de votre bonté, si vous ne voulez pas avoir enduré des souffrances inutiles, et répandu en pure perte pour nous votre sang immaculé. O vous qui purifiez les pécheurs, effacez nos souillures, faites resplendir dans nos âmes votre divine lumière, et accordez-nous la grâce de vous connaître, et, en vous connaissant, de tendre vers vous sans cesse, afin que nous ayons le bonheur d'arriver enfin à vous, Jésus-Christ, notre Dieu et notre Seigneur, qui vivez avec le Père et le Saint-Esprit, dans les siècles des siècles. Ainsi-soit-il.

PRIÈRE

A LA TRÈS SAINTE VIERGE

POUR IMPLORER SON ASSISTANCE (*).

O Marie, brillante étoile de la mer, nous voguons au milieu des orages et des tempêtes ; mais nous tournons les yeux vers vous pour n'être point submergés sous les flots. Les fureurs de l'enfer se déchaînent comme un vent impétueux, les écueils nous environnent, les tribulations nous assiègent ; mais nos regards sont fixés sur l'étoile du salut, nous vous invoquons, ô Marie. Accablés par l'énormité de nos fautes, confus de leur laideur, épouvantés par la crainte des châtiments qu'elles méritent, nous nous sentons comme enveloppés dans les nuages d'une sombre tristesse ; mais nous pensons à vous dans nos angoisses, nous vous appelons à notre secours, ô Marie : votre souvenir est toujours présent à notre cœur, votre nom toujours sur nos lèvres.

O Vierge bénie, qui avez trouvé la source de la grâce, ô vous qui avez donné la vie à la vie même, ô mère du salut, faites que par vous nous ayons accès auprès de votre divin Fils. Que votre intégrité virginale excuse auprès de lui les souillures de notre cœur corrompu ; que votre humilité nous obtienne le pardon de notre orgueil ; que votre charité immense couvre la multitude de nos péchés, et que votre fécondité glorieuse nous procure la fécondité des mérites. O notre souveraine, ô notre médiatrice, ô notre avo-

---

(*) Cette prière est entièrement extraite des écrits de saint Bernard, mais elle ne s'y trouve pas dans la même suite. Le passage dont on s'est servi au début a été mis au style direct et approprié à une prière commune. (De Laud. Mariæ, Serm. II. — In adv. Dómini, Serm. II. — In Assumpt. Mariæ, Serm. IV.).

cate, réconciliez-nous avec votre Fils, intervenez en notre faveur ; plaidez victorieusement notre cause auprès de lui. Dans votre bonté, daignez faire connaître au monde la grâce que vous avez trouvée devant Dieu, en obtenant par vos saintes prières le pardon pour les coupables, la force pour les cœurs pusillanimes, le secours et la délivrance pour ceux qui se débattent au milieu des périls. Qu'en ce jour vos humbles serviteurs, invoquant votre doux nom, ô Marie, reçoivent par votre entremise la grâce de Jésus-Christ, votre Fils, Notre-Seigneur, béni dans tous siècles. Ainsi-soit-il.

Souvenez-vous, ô très-pieuse Vierge Marie, qu'on n'a jamais ouï dire que quelqu'un ait eu recours à votre protection, imploré votre assistance, demandé vos suffrages, et que vous l'ayez abandonné. Animé de la confiance qu'une telle miséricorde inspire, j'ai recours à vous, ô Vierge des vierges, ô ma Mère ! Je me réfugie auprès de vous, je me tiens prosterné devant vous, gémissant sous le poids de mes péchés. Mère du Verbe, ne rejetez pas mes faibles prières ; mais écoutez-les favorablement et daignez les exaucer. Ainsi-soit-il.

LITANIES DE SAINT BERNARD.

Seigneur, ayez pitié de nous.

Christ, ayez pitié de nous.

Seigneur, ayez pitié de nous.

Christ, écoutez-nous.

Christ, exaucez-nous.

Dieu le Père, du haut des Cieux, ayez pitié de nous.

Dieu le Fils, Rédempteur du monde, ayez pitié de nous.

Dieu le Saint-Esprit, ayez pitié de nous.

Sainte Trinité, en un seul Dieu, ayez pitié de nous.

Sainte Marie, priez pour nous.

Sainte Mère de Dieu,

Sainte Vierge des vierges,

Saint Bernard,

Saint Bernard, choisi dès le sein de votre mère,

Saint Bernard, très-glorieux fils des Saints,

Saint Bernard, très-dévot à la Passion du Christ,

Saint Bernard, rendu illustre par les apparitions d'en-Haut,

Saint Bernard, éclairé par les révélations divines,

Saint Bernard, ange par l'innocence de la vie,

Saint Bernard, prophète par la connaissance de l'avenir,

Saint Bernard, apôtre par la prédication de la parole divine,

Saint Bernard, martyr par la mortification du corps,

Saint Bernard, confesseur par le zèle de la foi,

Saint Bernard, vierge par la pureté de l'âme et du corps,

Saint Bernard, intrépide défenseur du siège apostolique,

Saint Bernard, défenseur invincible des libertés de l'Église,

Saint Bernard, arbitre et juge très-équitable dans les conciles,

Saint Bernard, interprète et oracle de l'Eglise,

Saint Bernard, illustre maître des évêques,

Saint Bernard, pacificateur des schismes,

Saint Bernard, destructeur des hérésies,

Saint Bernard, médiateur de la paix dans les discordes,

Saint Bernard, nourricier et consolateur des pauvres,

Saint Bernard, force des infirmes,

Saint Bernard, honneur et lumière de la colline de Fontaine,

Saint Bernard, très-auguste protecteur de la Bourgogne,

Saint Bernard, très-illustre gloire de la France,

Saint Bernard, merveille de tout l'univers,

Saint Bernard, très-puissant intercesseur auprès de Jésus et de sa très-sainte Mère,

Daignez nous obtenir une vraie pénitence, nous vous en prions, écoutez-nous,

Daignez conserver et multiplier, par votre intercession, les congrégations qui vous sont dévouées,

Daignez obtenir la paix et le salut à la sainte Eglise et à tout le peuple chrétien,

Daignez obtenir l'esprit de la divine grâce au Souverain Pontife, notre Père N., à notre Évêque et aux autres chefs de l'Eglise,

Daignez nous obtenir une sincère dévotion à la Mère de Dieu,

Daignez nous obtenir les vertus par lesquelles nous méritions de jouir de la divine présence,

Daignez, à l'article de notre mort, nous obtenir le pardon,

Daignez obtenir la conversion des pécheurs, des hérétiques et des impies,

Daignez obtenir à tous les fidèles trépassés le repos éternel,

Daignez nous exaucer, nous vous en prions, écoutez-nous.

Agneau de Dieu, qui effacez les péchés du monde, pardonnez-nous, Seigneur.

Agneau de Dieu, qui effacez les péchés du monde, exaucez-nous, Seigneur.

Agneau de Dieu, qui effacez les péchés du monde, ayez pitié de nous.

Christ, écoutez-nous.

Christ, exaucez-nous.

℣. Priez pour nous, bienheureux Bernard ;

℟. Afin que nous soyons faits dignes des promesses du Christ.

ORAISON.

O Dieu, qui avez donné à votre peuple l'instruction du salut éternel, par le ministère du bienheureux Bernard; faites, s'il vous plaît, que l'ayant eu sur la terre pour Docteur et pour guide, nous méritions de l'avoir pour intercesseur dans le ciel. Par Jésus-Christ Notre Seigneur.

℟. Ainsi-soit-il.

PRIÈRE A SAINT BERNARD.

O saint Bernard. appelé par vos heureux disciples le bouclier des opprimés, l'œil des aveugles, le soutien de ceux qui chancellent ; modèle admirable de la perfection évangélique, flambeau de la chrétienté, colonne inébranlable de la sainte Église, nous venons, en ce Lieu vénéré qui abrita votre naissance, réclamer votre puissante intercession.

La foi que vous avez si vaillamment défendue par vos écrits, vos paroles et vos exemples ; cette foi, la gloire et le bonheur du monde, est sans cesse attaquée au milieu de nous. Chaque jour l'innocence et la simplicité des fidèles sont exposées au scandale des paroles impies. L'ennemi du salut se présente sous toutes les formes, il fait arme de tout pour nous ravir le bien le plus précieux.

Parmi ces grands dangers de notre siècle, nous avons recours à vous, ô saint protecteur de notre patrie, ô défenseur intrépide de la sainte Église, notre mère. Au nom de ce zèle ardent pour le triomphe de la foi, qui vous a fait associer aux Pères et aux Docteurs de l'Eglise, nous vous prions d'intercéder pour nous auprès de N.-S. Jésus-Christ. Priez afin que notre foi ne soit plus défaillante, mais qu'elle reprenne la force et la simplicité des anciens jours. Priez afin que notre foi rajeunie soit vivifiée par les œuvres, par la fidélité aux devoirs du chrétien, par l'exercice de toutes les vertus dont vous nous avez donné l'exemple. Inspirez-nous spécialement la charité, la pureté, l'amour de la Croix et des souffrances et surtout un zèle invincible pour la gloire de N.-S. Jésus-Christ et de son Église.

Implorez aussi pour nous et avec nous l'auguste Reine du ciel, dont vous fûtes le dévot serviteur, et que vous nous représentez comme étant le canal mystérieux par lequel toute grâce dérive jusqu'à nous,

16

comme l'Étoile de la mer, dont l'éclat doit nous guider au port du salut, à travers les flots orageux de ce monde.

Enfin obtenez-nous qu'après avoir marché, sur vos traces et travaillé, comme vous, à la gloire de Dieu, à l'exaltation de la sainte Église, à notre salut et à celui de nos frères, nous méritions d'être admis au ciel et d'y jouir éternellement de la vue de Dieu, dans la compagnie de la Sainte Vierge et de tous les Saints. Ainsi-soit-il.

TABLE DES MATIÈRES.

SECONDE PARTIE.

CHANTS LATINS

CHANTS LATINS EN L'HONNEUR DE S. BERNARD.

CHANTS LATINS ATTRIBUÉS A SAINT BERNARD.

16.

MOTET EN L'HONNEUR DE N.-D. DE TOUTES
LES GRACES.

APPENDICE.

TABLE ALPHABÉTIQUE.

CANTIQUES.

CHANTS LATINS.

PARIS. — IMP. V. GOUPY ET JOURDAN, RUE DE RENNES, 71.

PARIS. — IMP. V. GOUPY ET JOURDAN, RUE DE RENNES, 71.

www.ingramcontent.com/pod-product-compliance
Lightning Source LLC
Chambersburg PA
CBHW071853020726
47502CB00003B/728